A CONFORMISTA

ALBA DEDEU

A CONFORMISTA

TORDSILHAS

A conformista

Tordesilhas é um selo da editora Alaúde Editora Ltda., do Grupo Editorial Alta Books (Starlin Alta Editora e Consultoria Ltda.)

ISBN: 978-65-5568-304-2

Translated from original La Conformista. Copyright © 2024 by Alba Dedeu. ISBN 978-84-127930-9-3. First published by L'Altra Editorial. Published by arrangement with MB Age, the owner of all rights to publish and sell the same. Portuguese language edition published by Alaúde, Copyright ©2025 by Starlin Alta Editora e Consultoria Ltda.

Impresso no Brasil — 1a Edição, 2025 — Edição revisada conforme o Acordo Ortográfico da Língua Portuguesa de 2009

Dados Internacionais de Catalogação na Publicação (CIP)

D278c
1.ed.- Dedeu, Alba.
A conformista / Alba Dedeu ; tradução de Evelyn Diniz. - Rio de Janeiro: Tordesilhas, 2025.
96 p.; 15,7 x 23 cm.

Título original: La Conformista.
ISBN 978-65-5568-304-2

1. Literatura catalã. 2. Romance contemporâneo. 3. Narrativas femininas. I. Título. II. Tradução.

CDD 869.932

Índice para catálogo sistemático:
1. Literatura catalã contemporânea - 869.932

Produção Editorial: Grupo Editorial Alta Books
Diretor Editorial: Anderson Vieira
Vendas Governamentais: Cristiane Mutüs
Coordenadora Editorial: Mariana Portugal
Produtora Editorial: Luana Maura & Viviane Corrêa

Tradução: Evelyn Diniz
Copidesque: Mariana Naime
Revisão: Carol Colffield
Diagramação: Vanessa S. Marine

ALTA BOOKS
GRUPO EDITORIAL

Rua Viúva Cláudio, 291 — Bairro Industrial do Jacaré
CEP: 20.970-031 — Rio de Janeiro (RJ)
Tels.: (21) 3278-8069 / 3278-8419
www.altabooks.com.br — altabooks@altabooks.com.br
Ouvidoria: ouvidoria@altabooks.com.br

Editora **afiliada à:**

A Jordi

I

O cheiro de frango grudava na minha pele, no meu cabelo e nas minhas roupas, e me parecia que nunca me livraria dele por mais que me lavasse, como se fizesse parte de mim, como qualquer desvio de caráter. Com ele acontecia o mesmo, desde o cabelo e as camisetas do Metallica até as cuecas e as meias. O odor nos acompanhava até em casa e ele se espalhava pelos quartos e pela sala de jantar, impregnava os lençóis, as toalhas, os sapatos, as cortinas, e só respirávamos ar fresco se saíssemos para a varanda. Não havia o que fazer: tínhamos uma loja de frango assado e a nossa casa e nós mesmos cheirávamos a frango assado, da mesma forma que os jogadores de futebol andam pelo mundo com as pernas tortas, os pedreiros têm as unhas acinzentadas de pó de cimento e os caminhoneiros têm o braço esquerdo queimado de sol. Nos primeiros meses, eu ventilava a casa dia e noite, até mesmo no inverno, tentando me livrar daquele cheiro. Tomava banho e lavava o cabelo de manhã e à noite, lavava nossas roupas todos os dias. Depois comecei a relaxar um pouco, porque não havia o que fazer. No entanto, eu não queria me render. Nem ao cheiro, nem ao resto. Nos primeiros dias, ah sim, nos primeiros dias eu me maquiava com capricho e usava salto alto para ir trabalhar, mesmo que as trocasse assim que chegava por aqueles tamancos que as enfermeiras usam e que são tão confortáveis. E me perfumava. Quando se tem vinte anos, "não parecer desleixada" e estar apresentável o tempo todo parece crucial, pelo menos era o que me parecia. Olhava com espanto as mulheres de meia idade que saíam de casa com as varizes à mostra, o buço por fazer, os braços flácidos e gordos, e dizia a mim mesma que nunca seria como elas, acontecesse o que acontecesse, independente da profissão que exercesse ou da idade que tivesse. Eu precisava resistir, portanto, àquele "desleixo" espantoso. Aguentei menos de um ano. No primeiro verão na loja, durante a primeira semana de calor forte, terminei com toda a maquiagem borrada em volta dos olhos. Olhei-me no espelho do banheiro dos fundos quando fechamos às cinco e me disse "Você parece um panda". Mas ainda não estava disposta a me render. O dia seguinte era sábado. Deixei-a sozinha por um momento, quando ainda não tínhamos começado o trabalho pesado, e fui até a perfumaria em frente. Pedi um lápis de olhos e uma máscara de cílios à prova d'água e não me importei com o quanto eram caros. Voltei triunfante, me tranquei no pequeno lavabo e maquiei os olhos. Ele já tinha acendido os assadores e começado a suar, e enquanto eu me maquiava ali dentro, comecei a suar também. Respirava fundo enquanto me encorajava. Quando saí do banheiro, ele me olhou com uma careta que tentava ser um sorriso, suava em bicas e tomava goles de uma garrafa de água com um bloco de gelo dentro. Percebi que ele estava de mau humor. Tinha queimado o pulso e pressionava uma garrafa contra a pele em vez de ir ao banheiro passar pomada, mas me contive e não disse nada, porque ele poderia ralhar comigo: "Você não está vendo que tenho trabalho demais?" Naquele forno, era fácil perder a paciência. Faltavam duas semanas para fecharmos para as férias e não paramos de vender frangos até as quatro da tarde. Depois, já quase sem conseguir ficar de pé, encharcados e meio desidratados, limpamos e arrumamos a loja. Quando voltamos para casa, eu já tinha esquecido de tudo, menos do sofá: o convidativo sofá na sala à meia-luz, a corrente de ar entrando pela porta aberta da varanda, com as cortinas ondulando, e o pátio interno. Nem percebi que ele também se deixava cair com o mesmo abandono do outro lado do sofá. Acordei uma hora depois e, quando fui ao banheiro, dei de cara com o mesmo panda que já tinha visto no dia anterior me olhando sonolento. "O que você queria que eu dissesse, mulher!", exclamou durante o jantar, quando reclamei do seu silêncio, já de banho tomado e com o rosto limpo, mas ainda cheirando a frango e mastigando frango. "Não precisa encher o rosto com tudo isso." "Encher o rosto com tudo isso"... repeti baixinho, entre os dentes, e embora tivesse vontade de dizer muito mais, engoli as palavras outra vez. *Talvez fosse isso mesmo, talvez fosse melhor deixar pra lá*, pensei. E, por duas semanas, deixei. Quando reabrimos, quinze dias depois, com a pele dourada pelo sol de L'Estartit, eu me sentia mais animada. Era setembro, o calor começava a ceder, e decidi que valia a pena dar outra chance àqueles cosméticos caros. Reabrimos num domingo. Às duas em ponto, no meio da enorme fila de gente — que não diminuía nunca, por mais rápido que ele tirasse os frangos do assador e os deixasse alinhados no balcão, e por mais ágil que eu fosse em desmembrá-los, colocá-los nos sacos e regá-los com o molho —, com o suor escorrendo em rios pelas têmporas, pelas costas e pelos cotovelos, apareceu a velhinha que vinha todo domingo buscar seu meio frango com duas batatas. "Pequenas, menina, quero pequenas e com duas colheradas de molho." Quando lhe entreguei a sacola, ela me olhava com os olhos semicerrados e um sorriso estranho. Ao me dar o dinheiro, aproximou o rosto do balcão e me disse em voz baixa, mas não tão baixa assim: "Desculpe por dizer isso, menina, mas você está um caco." Dei uma risadinha sem graça. Balbuciei um "obrigada", e enquanto a via se afastar, não consegui evitar desejar que se engasgasse com um osso — embora ela tivesse acabado de me fazer um favor. "Com licença um instante", disse à garota convencida que estava diante de mim, que me pareceu conter o riso, com os óculos Ray-Ban usados como tiara. No minúsculo lavabo, ensaboei o rosto com raiva, pensando nos entardeceres em L'Estartit, na espreguiçadeira, no gim-tônica e na brisa fresca na varanda da sogra. O sabão entrou nos meus olhos e eles começaram a arder terrivelmente. Agora estavam limpos, sim, mas vermelhos como brasas acesas. Não importava. Definitivamente, eu precisava deixar aquilo de lado, aquela história de me maquiar. Era um luxo para as férias. Duas semanas por ano. Naquele forno, encharcada de suor, estressada com a fila que não parava de crescer, olhei o relógio: eram só duas e cinco. Naquele forno, a lembrança das brisas de L'Estartit voltava com insistência, distante, como se fosse coisa da juventude, idílica e improvável como uma cena de filme. Um segundo, e já tinha passado. *Agora, só no ano que vem*, pensava, enquanto enxaguava os olhos mais uma ou duas vezes. E eu também pensava: *Então é isso? É só isso, e nada mais, a sua vida?* Ouvi a voz do meu marido: "Eva, você vem ou não?" Enxuguei o rosto e corri de volta para o balcão. A convencida de Ray-Ban estava de cara feia, meu marido também, a fila era interminável: rostos e mais rostos, suados, famintos e impacientes. E naquele dia, enquanto voltávamos para casa pela sombra, arrastando os pés, exaustos, com o frango do jantar nas mãos, joguei os cosméticos caros numa lixeira. Não me permitia nem sequer pensar na palavra "desleixo"; o que importava era termos terminado mais um dia sem jogar um frango na cabeça um do outro, sem estrangular nenhum cliente impertinente, sem dizer "Hoje sim, hoje é o último dia que aguento isso." Dormimos uma hora e meia no sofá e, ao acordar: "Vamos tomar uma cervejinha?" Bebemos na varanda, ainda com o cheiro forte de frango no corpo, entorpecidos, sem forças nem para conversar. A rotina era tomar banho, jantar, adormecer em frente à TV e depois ir para a cama. E era isso. Mas a vida era assim para todo mundo, não era? Eu não tinha certeza, mas os dias passavam. Até que, não sei quanto tempo depois, num domingo tão esmagador quanto os outros, entramos em casa à tarde e, quando nos largamos suados no sofá, senti que algo tinha mudado. A frustração tinha se apagado, assim como minha vaidade de menina. Havia cansaço, sim, mas também havia calma. Algo havia morrido? A fantasia de uma vida mais glamourosa, mais brilhante? Fosse o que fosse, era isso que me permitia seguir em frente; para voltar atrás, já era tarde demais. Repeti isso a mim mesma, muito séria, diante do espelho de casa, numa noite em que, para variar, saímos para tomar uma cerveja fora. Justo numa noite em que eu não podia beber álcool e pedi um refrigerante. Eu estava grávida da Mariona, faltavam algumas semanas para o parto. Eu tinha deixado de ir à loja em meados de maio, porque o calor me dava enjoo, e tínhamos contratado uma garota para nos ajudar nas horas e dias de mais movimento. Naquela noite, eu estava usando um vestido dos meus tempos de adolescente hippie, leve e solto como uma camisola. Também usava o cabelo solto e uns brincos compridos que tilintavam quando mexia a cabeça. Ele vestia uma camiseta furada do AC/DC (era de não sei de que show lendário, e já tinha me avisado para nem pensar em jogá-la fora ou rasgá-la para fazer panos, por mais buracos que tivesse) e o cabelo e a barba estavam um pouco compridos, como na época em que tocava na banda. Acariciei sua bochecha suada e, ao me inclinar para beijá-lo, percebi que o cabelo ainda cheirava a frango, mesmo depois do banho. O meu já não. Às vezes eu o levava ao nariz e aspirava o perfume floral do xampu, sem acreditar. Pensei que fazia muitos dias que a gente não se beijava, e isso me deixou triste. Estávamos muito cansados. Então o garçom veio e disse que os croquetes de presunto tinham acabado, que só restavam os de frango. Caímos na risada. Ele disse ao rapaz, meio confuso: "Então traz umas batatas bravas pra gente, por favor." E, quando ficamos sozinhos, ele segurou minha mão por um instante, colocou-a sobre o joelho e me fez um de seus carinhos tímidos. Naquela noite, fizemos amor. Já fazia vários dias que não acontecia, e com os preparativos para a chegada da bebê, eu nem tinha sentido falta. Na verdade, eu não me sentia nem um pouco atraente com aquela barriga enorme e os braços gordos e flácidos. Mas, se ele também não tinha sentido falta, talvez isso fosse preocupante, não? Será que era porque não sentia mais atração por mim? Não tive coragem de responder a mim mesma, e comecei a me angustiar também com essa dúvida, que se somou a todas as outras. Será que saberíamos exercer a função de pais? Será que eu saberia dar à luz? Eu temia esse momento intrigante e doloroso, que não demorou a chegar, e que, de repente, já tinha passado. Como por milagre, aquelas treze horas insuportáveis de sofrimento e angústia ficaram embaçadas num canto do meu cérebro, e a menina estava ali: viva, úmida, macia e quente contra o meu peito. Ela tinha chorado muito e agora respirava, mexia as mãos e a boca, abriu os olhos — olhos escuros e confiantes — e, de repente, diante daquela criaturinha perfeita, o mundo inteiro, com seus problemas e falhas, parecia insignificante. Por um instante, uma alegria imensa me invadiu e tomou conta de tudo. Ela era minha, minha, minha — e um pouquinho do meu marido, sim, mas no fundo era *minha*. E às vezes me apavorava que fosse assim! Nas semanas seguintes, eu só vivi por ela. Era um cuidado estranho, intenso, cheio de explosões de euforia, mas cada vez mais melancólico. Com o tempo, fui entendendo: era medo. E eu me sentia culpada por ter trazido ao mundo um ser que, agora eu via, era tão indefeso e frágil que só de pensar nisso me dava arrepios. Ela ia sofrer, claro que ia. Ia sofrer como todos, e mais cedo ou mais tarde ia morrer, como todos. E eu não queria que ela sofresse, não queria que morresse. Queria protegê-la de tudo, afastar todos os perigos, mantê-la nos meus braços para sempre — segura, adormecida, inocente. Passava horas e horas com a menina no colo depois de amamentar, divagando e me preocupando. Às vezes eu passava o dia inteiro fantasiando, entre os cochilos da pequena e os meus. Em alguns momentos, eu a imaginava forte, radiante, uma mulher decidida e segura de si, com um homem forte e gentil ao seu lado. Em outros, não conseguia tirar da cabeça a imagem de uma garota magra e com olheiras, o tipo clássico de mulherzinha vulnerável, presa fácil para todo tipo de gente ruim, os olhos sempre baixos, a boca contraída, o passo hesitante. Depois de algumas semanas, a inquietação começou a me consumir. Dormia pouco e, quando dormia, tinha pesadelos. A menina era tudo, tudo girava em torno dela, só pensava nela. Ele também estava lá, sim, mas eu só o enxergava de relance, como por entre uma névoa. Já não era o mesmo de antes: agora ele era, acima de tudo, o pai da minha filha, alguém que se desdobrava por ela e que me ajudava a protegê-la com aquelas mãos enormes, que a pegavam com um cuidado extremo, como se a filhinha fosse feita de vidro e pudesse se quebrar. Quando ele chegava à tarde, depois de fechar a loja, eu perguntava, sim, como tinha sido o dia, se estava cansado, o de sempre. Mas não o ouvia de verdade. Na realidade, só esperava, impaciente, que ele terminasse de falar para eu contar alguma coisa nova que a menina tivesse feito ou, se o dia tivesse sido ruim, para despejar os medos que tinham me atormentado ao longo das horas, aquelas doenças improváveis descritas nas revistas para mães angustiadas. Quando meus temores tinham algum fundamento — se ela tinha febre, estava quieta demais ou tossia —, eu congelava. Quase queria adiar a ida ao médico de tanto pavor: aquele momento terrível de sentar diante do jaleco branco e ouvir que era uma meningite, uma pneumonia resistente a antibióticos, um daqueles cânceres infantis que arrepiam só de pensar. Eu ficava paralisada, olhando para ela e olhando para ele. Quando ele dizia que devíamos levá-la ao posto de saúde ou ao pronto-socorro, meus olhos se enchiam d'água ou eu explodia num ataque de mau humor. No começo, ele ainda tentava brincar: "Lá vem a tigresa-de-bengala, todo mundo corra!" Mas as tentativas dele de me acalmar só me irritavam ainda mais. No fim, ele suspirava... e já não dizia mais nada. É estranho, mas não me lembro de nenhum momento específico com ele durante aqueles meses de pânico. Devia continuar usando as mesmas camisetas de bandas de rock, porque eram as únicas que tinha (além de, sim, duas camisas para casamentos), devia continuar cheirando a frango como sempre, mas eu não via nem sentia nada. Não prestava atenção em nada além dela. Anos depois, voltei a abrir aquele primeiro álbum de família e fiquei surpresa ao ver que, em algumas fotos, ele estava sem barba. Com muito esforço, me lembrei de que, em algum momento, ele a tinha raspado, mas fui totalmente incapaz de recordar quando, ou por quê, ou até se tinha ficado barbeado por semanas, meses ou apenas alguns dias. Continuei naquele estado de angústia febril até que a bebê completou cinco meses. Então, numa tarde de sábado, minha mãe veio me visitar com um par de sapatinhos de crochê que tinha feito para a menina, e nos sentamos para tomar um café. Ela tinha trazido biscoitos amanteigados, e eu comecei a devorá-los um atrás do outro, sem conseguir me controlar. Depois de rodar várias vezes a xícara de café nas mãos e morder delicadamente metade de um biscoito, minha mãe insinuou, com muito cuidado, que talvez eu estivesse tempo demais trancada em casa e absorvida demais pela menina, e que isso não podia ser bom nem para ela, nem para mim. Ganhando coragem diante do meu silêncio, acrescentou que eu também devia cuidar um pouco mais do meu marido. Mas eu já cuidava um pouco dele, não? Minha primeira reação, também com ela, foi de fúria. Mais tarde, depois de tê-la praticamente enxotado com pouca cerimônia, voltei a me sentar, respirei fundo e comi mais alguns biscoitos. E aí veio aquela sensação tão familiar: o nó no estômago, a angústia da dúvida e do remorso. Sim, era verdade, eu quase nunca me lembrava dele. E eu também entendia, embora minhas emoções dissessem o contrário, que essa atenção obsessiva podia acabar prejudicando minha filha. Fiquei mais alguns minutos no sofá comendo o resto dos biscoitos amanteigados enquanto refletia sobre tudo aquilo. Quando terminei, sacudi as forminhas de papel dentro da lata e despejei o que sobrou na boca, mastigando como uma autômata os últimos pedaços de biscoito e os grãos de açúcar cristal. Em seguida, me levantei para dar uma olhada na bebê, que dormia no berço. Como sempre acontecia quando eu me aproximava dela enquanto dormia, prendi a respiração sem querer, com medo de encontrá-la azul e imóvel, vítima de uma daquelas mortes súbitas horríveis que as revistas tanto mencionavam. Fui até o banheiro, acendi a luz, e não me surpreendi ao encontrar meu velho amigo, o panda, no espelho: agora, as olheiras escuras não vinham de maquiagem borrada. Não. Eram o rastro das noites maldormidas, da angústia, da inatividade e da monotonia. Senti um pouco de pena daquela mulher de olheiras profundas, com o cabelo oleoso, não porque tivesse passado seis horas numa loja de frango assado, mas porque fazia uma semana que não o lavava, já que, para ela, tanto fazia se estava limpo ou sujo. Que importância tinha estar com o cabelo limpo ou sujo, diante de uma menina que precisava de mim o tempo todo? Bem... talvez até tivesse alguma importância. E talvez ela não precisasse de mim o tempo todo. Agora mesmo dormia um sono tranquilo: as bochechas rosadas, a respiração regular, as mãozinhas fechadas ao lado do rosto, as unhas perfeitas, bem lixadas e limpas. As minhas, em contraste, estavam longas e sujas. Uma delas se quebrara dias atrás e eu ainda não tinha me dado ao trabalho de lixá-la, embora vivesse enganchando-a por todo lado e fosse muito irritante. E aquele moletom que eu usava? De um laranja desbotado, manchado de golfadas de leite, baba e respingos de óleo... Sim, dava mesmo um pouco de pena. Liguei para minha mãe, pedi desculpas pelo ataque de mau humor e disse, com o orgulho apertando a garganta, que talvez ela tivesse razão. Quando ela tentou reforçar o argumento, tive vontade de gritar de novo, mas me segurei: "Sim, já disse que talvez você tenha razão. Mas não insista, tá?" Voltei para junto da menina, olhei as horas e decidi que ainda dava tempo de tomar banho. Era a primeira vez que eu me atrevia a tomar banho sem que ele ficasse de olho nela. Mesmo quando ele estava por perto, eu sempre fazia tudo às pressas: ensaboava o corpo e a cabeça de qualquer jeito, com a água correndo e o sabão entrando nos olhos. Dessa vez, deixei a porta aberta, tentei me despir com calma e me concentrei no jato de água aquecendo a pele e soltando os músculos. Peguei o xampu novo, o que tinha cheiro de mel, e fiz uma boa massagem na cabeça. O apartamento estava em silêncio, a luz do fim da tarde se filtrava pelo vidro fosco e acendia os azulejos amarelos. Debaixo da água quente, eu me sentia bem. Penteei o cabelo e passei três ou quatro minutos espalhando creme hidratante. Vesti um jeans limpo e um suéter azul-marinho que ele tinha me dado de presente de Natal. Enquanto esperava a menina acordar e ele chegar, me sentei no sofá para lixar as unhas. Quando ele chegou, eu estava amamentando. Ouvi o barulho das chaves sendo depositadas na tigela, com cuidado para não fazer barulho, os passos arrastados pelo corredor… Ele espiou na sala, cruzou o olhar com o meu e levou um susto. Logo em seguida, surgiu em seu rosto um sorriso meio envergonhado. Pediu desculpas por ter se atrasado um pouco. Disse que teve muito trabalho naquele dia e, além disso — levantou algumas sacolas plásticas — tinha fila no mercado. Escapou para a cozinha para guardar as compras e, quando voltou para a sala, me pareceu que caminhava encolhido. "Vou tomar um banho", disse, sem parar de andar. Mas eu o interrompi: "Venha aqui… por favor, venha aqui um instante." Ele ficou parado, me olhou com desconfiança — a tigresa estava de bom humor ou iria atacá-lo? Sentou-se ao meu lado e acariciou a cabecinha da bebê. "Como vocês estão?", perguntou. Respondi que estávamos bem, mas que eu tinha pensado e percebi que fazia semanas — não, meses — que andava muito ríspida com ele, e que me sentia mal por isso, e que era algo que eu queria mudar. Falei tudo de uma vez, sem respirar, e fiquei esperando a resposta dele com uma ansiedade crescente. Ele esboçou um sorriso cansado, começou a dar de ombros e parou no meio do gesto. "Fique tranquila, eu entendo." Brincava com o controle remoto da TV, mas não a ligou. O cheiro de frango o envolvia da cabeça aos pés. A testa brilhava e as bochechas estavam vermelhas. Estendi a mão e acariciei seu braço, que também estava quente e pegajoso. Fui subindo com os dedos até tocar as duas cicatrizes de queimaduras, quase paralelas. Enfiei o dedo indicador num buraco da manga; ele esticou o pescoço para olhar, me encarou esperando uma crítica. Eu sorri um pouco, hesitante — ultimamente, não sorria muito para ele. "Essa também é de um show lendário?" "É do meu irmão", respondeu, "mas ele com certeza já nem se lembra. Peguei sem querer na primeira mudança." "Sem querer, é?" Ele sorriu por um instante e se levantou devagar, largou o controle remoto no sofá e disse: "Se eu não for tomar banho agora, vou apagar aqui mesmo e não tomo mais banho." E desapareceu, arrastando os pés. Coloquei a menina no cercadinho e ela começou a chorar na hora. Então fui depressa até o corredor, peguei o canguru de passeio, amarrei em mim e a coloquei dentro. Ela parou de chorar. Levei-a comigo até a cozinha, tirei a alface, os tomates e as azeitonas de uma das sacolas do mercado e comecei a preparar a salada quase sem olhar, com o queixo apoiado sobre o cabelinho finíssimo da pequena. Todos os dias, desde que a bebê tinha nascido, era ele quem preparava o jantar enquanto eu a banhava. No almoço, contentava-se com um sanduíche que eu deixava pronto no dia anterior. Hoje, ele não precisaria fazer nada. Lavei e cortei os legumes, tentando arrumá-los de forma harmoniosa no prato com friso decorativo. Pus a mesa e deixei ali a salada, uma cerveja para ele e um copo de água para mim. Peguei um pote com dois pedaços de frango e umas salsichas, deixei-o no micro-ondas sem ligá-lo. Quando ele saiu do banho, com o moletom de ficar em casa e o cabelo molhado, estranhou ver a mesa posta e a salada pronta. Murmurou um "obrigado". Eu me aproximei dele e venci a hesitação de beijá-lo. Seus lábios também estavam úmidos, ele cheirava ao mesmo xampu de mel que eu tinha usado, e achei curioso que aquele homem corpulento, com a barba comprida demais, cheirasse a mel. Ele se deixou beijar, mas continuava me olhando com aqueles olhos um pouco desconfiados. Perguntei a mim mesma se ele tinha mesmo fechado os olhos durante o beijo. Ainda me olhava assim quando disse: "Quer que eu dê banho na menina hoje?" E eu, tentando olhá-lo com a doçura que sabia que ainda existia em mim, em algum lugar, quando tudo era mais simples, respondi: "Não, não. Sente-se aqui e comece a comer, se quiser. Dou o banho nela daqui a pouco." E dei o banho alguns momentos depois, porque eu adorava observá-la, ensaboar suas mãozinhas e o cabelo, ver a carinha de satisfação que ela fazia quando eu passava a esponja pelas suas costas, porque eu precisava secá-la bem e depois passar creme antes de colocar a fralda; a pele dela era muito sensível. Enquanto terminava de vesti-la com o pijama, os olhinhos dela se fechavam. Deixei-a no berço já meio adormecida, as mãozinhas para cima, os punhos semicerrados, mexendo levemente os dedos. Saí do quarto na ponta dos pés e ouvi que a televisão estava baixinha e que ele roncava. Vi-o sentado no sofá, com a cabeça largada para trás no encosto, a boca aberta, a lata de cerveja — que já devia estar vazia — numa das mãos, as pernas abertas, as sandálias saindo dos pés sob a mesinha. Aproximei-me sem fazer barulho e tentei pegar a lata sem que ele acordasse: tinha bebido só metade. Acordou com um sobressalto. "Desculpe, não queria que derramasse", eu disse, e dessa vez, não tive coragem de fazer o carinho que poderia ter feito. "Quer jantar?" "Desculpe... sei que você preparou salada e tudo mais, mas hoje eu tô acabado." Disse que queria ir direto para a cama. Desligou a TV, levantou-se com um resmungo e, antes de desaparecer pelo corredor, me deu boa-noite e um beijo na bochecha — um beijo cansado, tímido, inseguro, mas ainda assim, um beijo. E, para mim, aquele beijo foi suficiente para me sentar sozinha à mesa um pouco mais animada. Vou mostrar a ele que posso voltar a ser como antes, que essas angústias ficaram para trás. Vou fazer isso por ele, pela menina... e por mim. Comi toda a salada, guardei o pote com a carne na geladeira e bebi a cerveja ainda gelada que ele tinha começado, porque um dia é um dia. Eu estava com vontade de deitar ao lado dele e abraçá-lo — na verdade, sentia uma vontade irresistível. Tinha mastigado a alface e os tomates às pressas só para poder ir logo ficar com ele. Mas então fiquei inquieta de novo, pensando em todas aquelas noites em que ficávamos vendo TV sem trocar uma palavra, indo para cama com um "boa-noite" automático, cada um virando pro seu lado. Às vezes, um beijo automático acompanhava o boa-noite automático quando a bebê não chorava; mas ela chorava com frequência, porque, em geral, tinha dificuldade para pegar no sono. E então não tinha beijo nem nada; só os revezamentos, embalando ou passeando com ela pelo apartamento, cantando. Quando era a vez dele, era *Stairway to Heaven* e outras assim. Eu cantava as da Madonna que sabia de cor: *La Isla Bonita, Like a Prayer, Material Girl.* Mas agora eu pensava em todas as noites em que não tinha dedicado nem um segundo para fazer um carinho nele antes de cair no sono como uma pedra, ou antes de ouvi-lo começar a roncar alto, enquanto eu ainda balançava o berço. Perguntava a mim mesma como era possível que esse distanciamento não tivesse me parecido estranho e perigoso. Eu tinha desculpas, não tinha? A bebê tão pequena, nós dois dormindo tão pouco... devia ser normal. Era normal, não era? Talvez não. E a última vez que tínhamos feito amor? Não tinha sido boa, e já fazia quase um mês. Eu estava inibida, pensava naquela barriga ainda flácida e feia, nos mamilos doloridos; via meus movimentos pesados e desajeitados, e parava de me mover. Aí ele também se inibiu e parou. No fim, deixamos para lá, ficamos abraçados na penumbra, cada um com um zumbido de frustrações secretas na cabeça — que talvez fossem muito parecidos —, e depois disso... nada. Já fazia semanas que quase não nos tocávamos, a não ser por acaso, até que agora, de repente, eu estava morrendo de vontade de abraçá-lo e sentir seu cheiro, o cheiro do corpo dele misturado com o de frango e o do xampu de mel. Queria um beijo apaixonado, talvez fazer amor, mas hoje não, ele estava exausto. Talvez amanhã... Lavei os pratos imaginando como seria tudo no dia seguinte e dizendo a mim mesma que ficar pensando na minha carne flácida, em vez de me concentrar em buscar a boca do outro, a pele do outro, o prazer dos dois, era uma bobagem. Quando fui me deitar, ele já roncava de novo.

Deitei ao seu lado em silêncio. Ele se mexeu um pouco, murmurou algo. Eu o abracei, e ele demorou alguns segundos para passar o braço por baixo dos meus ombros, estava meio grogue: "Vamos dormir um pouco", disse ele com a voz rouca. "Sim, vamos dormir um pouco." Mas eu não conseguia dormir. Na verdade, estava mais acordada do que nunca, agitada e contente, apesar da incerteza. A gente ia dar um jeito. Só precisávamos ter vontade. Ele estava magoado pela forma como eu o tinha deixado de lado, sem dúvida, mas isso não voltaria a acontecer. E, deitada no quarto escuro, enquanto a menina dormia e ele roncava e uma moto acelerava no sinal e um ônibus noturno freava na parada, comecei a fazer mil planos sobre a vida que teríamos: os passeios, as excursões, finalmente a desculpa perfeita para comprar um monte de livros ilustrados no dia de Sant Jordi, os dias em L'Estartit com os baldinhos para fazer castelos de areia e o guarda-sol vermelho. Uma hora se passou, e eu continuava com aquele zumbido na cabeça. Estava com calor e tinha me afastado dele; revirava-me na cama. Em certo momento, ele parou de roncar e percebi que estava quieto, mas de um jeito menos entregue. A silhueta corpulenta enrolada no edredom parecia estranhamente exposta e encolhida, como alguém que se acocora de frio. Abracei-o por trás, ouvi-o suspirar. Parecia um suspiro de profunda tristeza. Abracei-o mais forte. "Eu te amo, ouviu?" Também fazia muito tempo que eu não dizia isso. No começo, ele não respondeu. Procurou minha mão. "Obrigado por dizer isso", sussurrou por fim. Ficamos assim por alguns minutos, e eu já achava que não diríamos mais nada, que talvez adormecêssemos daquele jeito mesmo, porque agora eu também começava a sentir sono. Mas, de repente, ele falou de novo: "Eu também te amo, sabia?... Só que ultimamente..." Suspirou outra vez — ou talvez tenha sido um bocejo — e não continuou. O que estava acontecendo? Comecei a matutar, e de repente a ideia me veio como uma punhalada: havia se envolvido com outra, mas não tinha coragem de me contar. Mas com quem? E logo me veio à cabeça a única possibilidade plausível: a garota que havíamos contratado para me substituir na loja. Passavam muitas horas juntos. Lembrava-se dela perfeitamente: uma mocinha atraente e esbelta, uma lembrança que era como cutucar a ferida. E o ciúme começou a jorrar, turvando meus pensamentos. Comecei a tremer da cabeça aos pés e soltei a mão dele. Ele se virou na minha direção e parecia me olhar na escuridão, talvez quisesse falar de novo. "Eva, querida...", começou. "Cale a boca", eu disse, com uma voz curiosamente calma, "não diga mais nada." Eu não enxergava bem o rosto dele. Virei de costas, mordendo os lábios. Não grite, não diga nada. E, acima de tudo, que ele não dissesse mais nada. Intuiu que devia ficar calado, com medo de que a tigresa-de-bengala o destroçasse, e também se virou para o outro lado. E depois de um tempo, minha respiração agitada se misturou aos roncos dele: primeiro suaves, depois fortes e graves, depois suaves de novo. E assim, por horas. Às seis e pouco vi a primeira luz entrar pelas frestas da persiana, e logo depois a menina começou a choramingar. Eu não tinha pregado o olho e me sentia como se tivesse apanhado, mas ela dormira a noite inteira, direto, pela primeira vez.

II

Cheirava de novo a frango dos pés à cabeça, mas já não me incomodava. Eu lhe havia dito que queria voltar a trabalhar, por enquanto só durante os horários de pico do meio-dia e nos fins de semana, que minha mãe cuidaria da menina durante essas horas e que já não precisávamos da ajuda de ninguém. "Da ajuda de ninguém": era a única maneira que eu tinha encontrado para me referir àquela história insuportável. A pessoa implícita nesse "ninguém" nunca mais foi mencionada pelo nome, nem em casa, nem em nenhum outro lugar. Eu me lembrava da entrevista de tantos meses atrás, lembrava, com o sangue fervendo, que eu tinha dito: "Parece esperta, gostei dela", e lembrava, ainda mais enojada, que ele tinha dito: "Sim, eu também". Durante quase um ano, tinham passado seis horas juntos na loja todos os sábados e domingos, e três horas de terça a sexta. Tinham suado ali dentro, se tocado acidentalmente ao irem de um lado para o outro. Talvez até tivessem fumado juntos, encostados nas lajotas pegajosas enquanto os assadores esfriavam, num momento de pausa compartilhada, com a persiana meio abaixada, a porta aberta. Nas minhas fantasias, ela usava saltos e as unhas pintadas de vermelho-sangue, e havia descoberto alguma maquiagem milagrosa que se mantinha intacta durante todas aquelas horas de calor extremo. Eu a imaginava uma sedutora talentosa em todos os sentidos, uma daquelas tigresas que, quando atacam, é para cravar as unhas nas costas do macho, não para repreendê-lo ou dar sermão quando ele volta para casa exausto.

Eu imaginava o contato do braço suado dele com o braço suado dela, os "desculpe" e os "não tem problema", os olhares baixos, o constrangimento manifestado de mil formas sutis por aquela bruxa melíflua, os rostos queimando por um calor infernal que talvez lhes lembrasse outros ardores. No fim, ele talvez lhe perguntasse se ela queria uma bebida fresca, eles se olhavam, ele lhe dava uma cerveja e tomava um gole longo da sua. Quando se transpira muito, o álcool sobe logo à cabeça. Eles se olhavam de novo — um olhar turvo — e aí, sim, vinham os abraços apaixonados, as línguas brincalhonas e as mãos que tateiam, que tateiam tudo. E acontecia ali mesmo, suados, vermelhos, acontecia justo ali, no nosso depósito: a touca caída no chão, as mãos morenas tocando a barriga e o peito dele por baixo da camiseta de banda, aquela barriga e aquele peito que tinham sido só meus, ele pegajoso e ela pegajosa, agora as mãos morenas com as unhas cor de sangue agarradas à geladeira, ela tinha se virado e ele estava por trás, ele nem sequer tinha abaixado as calças, de repente talvez se lembrasse de que não tinham fechado a porta e de que todo o dinheiro do dia ainda estava no caixa, mas não importava, já investia contra aquela ninguém e a ninguém gemia. Mas não era "ninguém", era a mulher que tinha seduzido meu marido, o pai da minha filha, e agora eu amamentava a menina com essas visões cravadas no cérebro e me vinham os tremores. Quando ela soltava o seio e ficava me olhando meio adormecida, eu tinha a sensação de que me repreendia: "Esse leite azedou; por que você quer me envenenar?" Não, eu não queria envenená-la, ela continuava sendo meu ser mais adorado, o centro da minha vida, mas agora eu via que minha vida não se limitava a esse amor supremo, que um amor igualmente possessivo persistia em mim por ele, não apenas como pai, mas também como homem, e que eu não podia abrir mão desse amor. Com frequência eu abria os olhos quando ainda era noite fechada. "Será que é tarde demais?", me perguntava com o coração apertado, ouvindo como ele respirava ou roncava ou se virava na cama. Passavam duas horas, três; antes das sete a menina acordava e eu a amamentava, passeava com ela pelo apartamento. Às sete em ponto, tocava o despertador dele, que se levantava e me dava bom dia em voz baixa, vestia-se depressa e saía antes das sete e meia — dizia que tomaria o café no bar do mercado — e ia embora, como se percebesse as turbulências que eu carregava por dentro. Eu voltava para a cama com a menina e só me levantava uma hora depois. Colocava o roupão e tomava um copo de leite, mas não tinha coragem de pôr café: já tremia demais. Enquanto fazia as coisas pela casa, aquelas imagens vinham em flashes, e eu sentia meu corpo todo se enrijecer, os nervos à flor da pele. Depois levava a menina para passear e, às vezes, na volta, ela adormecia no carrinho. Então eu a deixava ali, ao meu lado, e me deitava na cama de casal, entregando-me sem reservas às imagens. Eu as provocava. Via sobretudo as unhas cor de sangue agarradas à geladeira do depósito e algumas gotas de suor escorrendo entre aquelas unhas, as cicatrizes no braço dele, os músculos contraídos, a camiseta furada que eu tinha lavado sem me perguntar se cheirava a outra mulher, sem pensar que havia sido tocada por outras mãos. Às onze e meia, no entanto, tocava o alarme que eu mesma tinha programado e, fizesse o que fizesse, estivesse como estivesse — petrificada ou afogada em pranto — eu ia até o banheiro, lavava o rosto, passava creme hidratante. Via o panda ali na minha frente, com os olhos inchados, mas não me permitia sentir pena dele. Vestia-me. Vestia a menina. Preparava um sanduíche para o meu marido, outro para mim. Ia com Mariona no carrinho até a casa da minha mãe, conversava um pouco com ela, fingia que estava feliz. Eu sabia que ela sabia que algo estava acontecendo, mas durante umas duas semanas respeitou meu silêncio; quando finalmente tentou sondar, eu disse: "Passamos por uma crise, mas não precisa se preocupar." Então deixava a pequena lá e ia para a loja, que naquela hora já era um forno. Ele girava os frangos ou atendia algum cliente, dizíamos "oi", eu lhe entregava o sanduíche, ia ao banheiro e colocava a touca diante do espelho, tirava a blusa e vestia o avental branco. E nós suávamos juntos como antes, ficávamos pegajosos e com cheiro de frango como antes, muitas vezes nos tocávamos acidentalmente e às vezes ele dizia "Desculpe"; eu não conseguia dizer nada. Às três eu saía para buscar a menina, ele ficava e fechava sozinho. No banheiro, eu lavava o rosto e passava batom vermelho — com o vermelho dos lábios e o das bochechas, parecia uma vadia. Depois de me maquiar, me observava no espelho e dizia em voz baixa: "Você está com tanta cara de vadia que é inacreditável", e me dava vontade de rir. Então tirava a touca e o avental, pendurava na porta ou os levava para lavar, vestia a blusa — ultimamente decotadas e leves, porque a primavera estava começando —, borrifava um pouco do perfume que guardava no armário pequeno, ao lado do batom. Também achava engraçada a ideia de que, ao passar por mim, as pessoas ficassem atordoadas pelo forte cheiro de frango misturado com o de Chanel nº 5, e me era totalmente indiferente que torcessem o nariz: o que eu queria era que meu marido sentisse o cheiro, que me visse sair com o rosto vermelho e a boca vermelha, a blusa decotada, que tivesse uma ponta de dúvida, que se perguntasse se eu ia mesmo para a casa da minha mãe ou para outro lugar, se aquele perfume seria sentido por outra pessoa, se alguém beijaria aqueles lábios pintados. Eu me despedia com um "tchau" em tom neutro; ele respondia com um "tchau" ou um "até logo" e me olhava com melancolia, às vezes com a boca torta e certa frieza — estava vermelho, suado e cansado como se saísse de um bordel. Depois, na rua, eu sorria e caminhava depressa até a casa da minha mãe, porque, evidentemente, não ia a nenhum outro lugar. A primavera realmente começava: o ar morno e o pôr do sol cada vez mais tardio, as crianças nos balanços, sem luvas nem anoraques, a amendoeira em flor num canto do parque. Meu corpo também percebia isso, revivia aos poucos. Conversava cinco minutos com minha mãe, mas pensava no tempo que corria e não demorava a sair. Voltava para a rua ensolarada, começava a andar no sentido contrário ao da minha casa, subia uma das ladeiras e empurrava o carrinho com ímpeto. No alto da ladeira eu já suava de novo, mas sentia as pernas a cada dia mais fortes, o pulso menos acelerado nas têmporas, o carrinho mais leve. Contemplava as vistas por alguns minutos. Não, eu não era simplesmente uma pobre mulher traída, com olheiras e os mamilos irritados. Era uma mãe jovem e ainda atraente. Os homens que fumavam na porta dos bares bem que me olhavam. Era uma mulher que seguia em frente, deixava cicatrizar a punhalada, criava uma filha, subia escadas com as sacolas do mercado e a menina, descia de novo para buscar o carrinho e ainda tinha forças para preparar o jantar e o que mais fosse preciso — quem diria. Tinha comprado uma daquelas faixas de pano que as africanas usam para carregar os filhos nas costas. No começo, eu tinha tanto medo de que Mariona caísse e se machucasse que quase desisti de usar. Depois me acostumei — e ela também —, e enquanto eu cozinhava e arrumava a casa, ela balbuciava nas minhas costas, enrugava minha blusa com as mãozinhas, mas ficava tranquila. Depois eu lhe dava o jantar, depois lhe dava banho. Quando ele chegava, encarregava-se de colocá-la para dormir, a embalava um pouco ou andava com ela até que pegasse no sono, depois tomava banho, jantávamos com a televisão ligada, mas sem olhá-la, um de frente para o outro, falando pouco, trocando olhares de vez em quando. Certos olhares tinham uma fixidez especial. De vez em quando tomávamos uma taça de vinho, e quando recolhíamos os pratos da mesa, sempre havia um braço que roçava o outro, duas mãos que buscavam o mesmo copo — nenhum dos dois se afastava com ar constrangido, nem dizia "Desculpe", e isso era um bom sinal. Um dia, ele tinha começado a lavar a louça e eu fiquei passeando com a taça de vinho pela sala de jantar. De repente, me deu vontade de ir até a cozinha, deixar a taça com um dedo de vinho sobre a bancada e abraçar a cintura do meu marido com os braços. Ele se sobressaltou, depois pensou que era um abraço. Não, não era um abraço. Com os dedos, eu procurava o cordão da calça de moletom, puxei para baixo enquanto me ajoelhava e o virei, puxei também a cueca, olhei nos olhos dele. Ele me olhava enquanto eu me movia ali embaixo; no começo se agarrava às bordas da pia sem tirar as luvas de borracha, que pingavam espuma. Poucos momentos depois, ouvi-o gemer — uma das luvas caiu no chão com um "plaf", a outra ele deixou na bancada, colocou uma mão na minha cabeça, acariciava meu cabelo, acompanhava meus movimentos. Depois de um tempo, me levantei com ímpeto, puxei a roupa dele para cima, levei-o até o sofá segurando pela camiseta, lancei as almofadas no chão, me sentei enquanto começava a desabotoar a blusa e disse: "Venha". E ele veio. Algo parecido aconteceu no dia seguinte, e no outro, e no outro, por não sei quantos dias. Às vezes acontecia assim que ele entrava em casa, antes mesmo de ter tempo de tomar banho: a pele pegajosa, o cheiro de frango, os lábios úmidos, a roupa pelo chão, as línguas cada vez mais ávidas; no sofá, na cama, na cozinha. Eu colocava um daqueles conjuntos de lingerie comprados há pouco, umas gotas de perfume; aquelas extravagâncias já não me causavam vergonha. Algumas manhãs, ainda acordava com a imagem daquelas mãos agarradas à geladeira, mas me esforçava para enterrá-la sob as dos nossos impulsos fogosos ao entardecer. Em certo momento, comecei a repetir para mim mesma uma coisa curiosa que minha mãe tinha me dito: "Você precisa virar a mesa." Bem, eu não estava fazendo justamente isso? Mas... e se nunca conseguisse virá-la por completo? E assim eu ficava, remoendo. Até que, numa tarde de fim de junho, com o céu escuro e as ruas vazias esperando o aguaceiro, tínhamos começado a fechar mais cedo, e os assadores já estavam esfriando fazia tempo. Limpávamos, fumando e dividindo uma cerveja como em tantas outras tardes, mas naquele dia, não sei por quê, aquelas imagens tinham voltado a ficar vívidas e persistentes. Eu o observava e o via exatamente como imaginava que tinha estado com a outra: o rosto vermelho, a camiseta encharcada, via aquelas mãos com as unhas cor de sangue sobre a pele suada dele. Na rua, não havia uma alma. Por volta das três e meia começaram os relâmpagos e trovões. Ele saiu por um momento, olhou o céu, abaixou alguns palmos da persiana. Encarou-me, um pouco desconfiado. Já fazia mais de um ano desde que tínhamos entrevistado aquela ninguém que eu achara esperta e que tinha me agradado — assim como a ele. Queria me aproximar dele e agarrá-lo pela camiseta, queria perguntar se haviam transado enquanto ela se agarrava à geladeira, se ela realmente usava as unhas da cor do meu batom. Fiquei olhando fixo para ele sem perceber, até que enfim me dei conta e desviei o olhar. E de repente me veio aquela frase: a mesa, você tem que virar a mesa. Ele contava cédulas e moedas, depois me ajudou a terminar a limpeza, lançando olhares de lado de vez em quando, até que no fim abriu os braços como quem se rende e perguntou: "Eva, o que está acontecendo?" Foi justo então que olhei para a rua e vi passar um homem protegendo a cabeça com uma pasta, e depois algumas senhoras correndo com sacolas plásticas sobre os penteados. Começou a cair uma cortina espessa de água. Os relâmpagos se refletiam na chuva e nas janelas do prédio em frente. As duas senhoras reapareceram e se abrigaram sob o nosso toldo, e os fregueses do bar do outro lado da rua se inclinaram para fora para contemplar a tempestade; seus cigarros eram pontos de luz vermelha na tarde prematuramente escura. Ele deve ter pensado que eu tinha enlouquecido, mas aquela chuva refrescante e aquelas mulheres correndo com a sacola do mercado na cabeça me provocaram um ataque de riso. Olhei para ele e disse que trancasse a porta, e ele fez aquele gesto de dar de ombros que, em qualquer outro momento, teria me irritado. Ao ouvir a chave girando, as senhoras deram um pulo; ele as tranquilizou com um gesto. Fui até o depósito e o esperei apoiada na geladeira. "O que foi?", repetiu ele ao entrar. Ficou parado diante de mim, a alguns passos prudentes. Eu apoiei a palma sobre a geladeira: uma mão branca, de dedos longos, com as unhas sem esmalte. "Venha cá, venha." Ele veio, um pouco hesitante. Levantei a camiseta dele e coloquei as duas mãos sobre a barriga quente, que subia e descia com a respiração; fiz as mãos subirem pelas costas molhadas e voltarem à frente, pelos ombros, os mamilos rodeados de pelos grossos, o umbigo. Enfiei uma das mãos por dentro da calça e da cueca. Ele deixava, com um olhar entre tímido e divertido. "Agora você quer...?", e deixou a pergunta no ar. Eu sorri e assenti. Ele agia com cautela. Desabotoou meu avental branco, pousou uma das mãos grandes no meu pescoço, com um dedo recolheu algumas gotinhas de suor estagnadas sobre a clavícula, desceu até a renda lilás, fechou-a pouco a pouco sobre um dos seios — primeiro delicadamente, depois com firmeza —, e então me tocou com a outra mão enquanto eu buscava seus lábios. Ouvia os trovões, a chuva, sentia aqueles lábios salgados, o atrito áspero da barba, o desejo que subia como uma urgência trêmula pelo ventre. Virar a mesa tinha que ser aquilo, mas eu ainda não tinha certeza. As imagens voltavam, as unhas cor de sangue cravadas naquelas mesmas costas, e então decidi. Afastei-o e me virei, apoiei as duas mãos sobre a geladeira e disse: "Quero que a gente faça assim." Ele já abaixava o zíper quando perguntei, sem me virar: "Foi aqui, não foi?" "O quê?" "Com aquela bruxa. Foi aqui." Ele deixou as calças pra lá e me virou de novo para encará-lo. O olhar estava fixo, mas não conseguia saber se era de irritação, fúria ou impaciência. Então fui eu quem deu de ombros e disse: "Não importa." Abaixei sua calça e sua cueca e me virei de costas. "Não importa", repeti, "mas eu quero que a gente faça assim." Então ele me virou outra vez, com certa raiva, segurou meu rosto com as duas mãos, trazendo-o para perto do dele, me obrigando a encará-lo: "Não aconteceu nada", disse com uma espécie de fúria. Depois de alguns segundos, acrescentou: "Você entende?" Sim, eu entendia. Mais do que as palavras, eram os olhos, e, mais do que os olhos, era aquela sensação de leveza que eu sentia por dentro. E agora foi ele quem me virou, abaixou minha calça e minha calcinha, e logo me penetrava com força. Eu me agarrava à geladeira e sorria, gemia, sorria. Segurei-me com mais firmeza enquanto ele se curvava sobre mim. Lá fora, a tempestade desabava sem parar, com um ruído surdo e estampidos de trovões… E sim, virar a mesa tinha que ser aquilo.

III

O apartamento era um dos primeiros que subiam pela encosta da montanha, mais alto que os da frente, e da varanda se via o porto e a praia de L'Estartit salpicada de guarda-sóis coloridos. O cachorro da minha sogra latia sem parar porque tinha visto, na varanda do andar de baixo, outro cão — um perdigueiro que se deitara à sombra e se limitava a olhá-lo com os olhos semicerrados. Os latidos daquele yorkshire antipático se enfiavam no meu cérebro. Mariona já tinha se levantado e se afastava do grupo com quatro bonecas agarradas pelos cabelos; sua irmãzinha de um ano e a priminha de dez meses brincavam com as que tinham ficado no chão, ambas sentadas de fralda e sem camiseta. Eram seis horas e o calor ainda sufocava, mas o toldo estendido e uma brisa leve vinda da costa tornavam tudo suportável. A sogra estava lá dentro, mexendo os cubos de gelo, porque Ramon queria um gim-tônica; ele e a mulher olhavam para a praia, fumando, e falavam sobre uma turnê, um álbum e também sobre Lana — a menina de cabelo loiro e cacheado que pegava as bonecas da minha filha pequena e as batia de cara no chão. Ao entrar no apartamento com as malas, tínhamos visto outro par de malas encostado ao armário do hall de entrada, e a sogra nos olhou com uma expressão carregada. Era segunda-feira, 4 de agosto, nosso primeiro dia de férias; naquele ano só sairíamos por dez dias porque havíamos comprado o apartamento e precisávamos economizar. Do hall, ouvíamos as gargalhadas sonoras de Ramon e uma voz de mulher estrangeira dizendo: "Lana, Lana, deixe o cachorrinho em paz!". "Deve ter havido algum mal-entendido", comentou a sogra com um sorriso forçado, "porque Ramon e Janne também vieram hoje passar quinze dias no apartamento". Ele murmurou que de 4 a 13 éramos nós que tínhamos que vir, e ela fez uma cara azeda e franziu a testa: "Não, não pode ser... Deve ter havido um mal-entendido." Ele deixou as malas do outro lado do hall de entrada. Eu vinha logo atrás com a mais velha pela mão e a pequena no colo; o carrinho tinha ficado no porta-malas. Um nó de raiva começava a subir pela minha garganta. Eu olhava para ele — para a sogra, não — olhava a nuca dele, e me pareceu que ele a encolhia um pouco, enquanto ela repetia que realmente devia ter havido um mal-entendido. Ouviram-se latidos, e de repente Mariona soltou minha mão, atravessou correndo o hall e gritando "Robi, Robi!", e escapou pela porta de vidro. A sogra deu dois beijos no meu marido, disse para ele entrar. Não tentou me cumprimentar com dois beijos porque viu a minha cara, e não era burra a esse ponto. Tocou na cabeça da pequena, esboçou um meio sorriso: "Como cresceu! Mas entrem, a gente ia tomar alguma coisa..." Ele já tinha chegado até a porta de vidro; ali se virou, trocamos um olhar — o dele dizia que não havia nada a fazer, o meu dizia mais coisas, mas ele já entrava na sala para não ver. Ouvi que cumprimentava o irmão, que lhe apresentavam a mulher. A sogra o seguiu com aquele vestido ridículo de flores, o cabelo tingido de um vermelho espalhafatoso — essa mulher não tem um pingo de vergonha —, ouvi que ela repetia o tal mal-entendido com uma vozinha inocente: "Já tinha dito ao Pere que estes quinze dias estavam reservados para vocês..." E vi claramente que, naquele mesmo dia, teríamos que voltar para casa, com as malas, o carrinho e os guarda-sóis. Fiquei alguns instantes no hall em penumbra tentando recuperar a calma, mas mal conseguia engolir a saliva, porque agora aquele nó de raiva era do tamanho de um punho, e havia um zumbido nos meus ouvidos que não me deixava ouvir mais nada. Comecei a ver estrelinhas e me belisquei com força na coxa. Só faltava essa: eu desmaiar e a pequena se machucar. Via as silhuetas gesticulando do outro lado do vidro fosco, minha filha passando apressada atrás do cachorro, a figura volumosa da sogra indo para o outro lado, em direção à cozinha, e ouvi que ele me chamava. *Respire*, disse a mim mesma, *respire*, e empurrei a porta cobrindo a cabeça da menina como se precisasse protegê-la de alguma coisa. Ramon veio me dar dois beijos, disse que eu estava muito bonita, que a maternidade me fazia bem: "Quanto tempo, quanto tempo! E essa é a Laieta, não é? Pois aqui está a Lana, deixe que se conheçam. E esta é Janne." Coloquei Laia no chão com a prima e olhei para Janne. Era uma alemã loira e deslumbrante. A versão adulta da menina agarrada à perna dela, com o cabelo menos cacheado, preso num rabo de cavalo alto, o corpo sinuoso, os olhos verdes. Usava um short branco e uma blusinha minúscula de crochê que deixava à mostra um bom palmo de barriga lisa e bronzeada e um piercing; por baixo da trama do crochê entrevia-se um biquíni de lantejoulas, ou algo do tipo. Falei um "oi" que saiu abafado; antes que eu tivesse tempo de me aproximar para dar dois beijos, a bruxa estendeu a mão, brusca e dissuasiva como uma lança, e eu a apertei sem força, enquanto o sangue começava a ferver de novo. Não, aquela bruxa não podia ser a Janne de quem haviam nos falado no último almoço de São Estêvão, a que tinha dado à luz aquele anjinho loiro dez meses atrás, não, só podia ser uma piada. Engordei dez quilos na gravidez da Laia e ainda precisava perder seis e meio. A barriga e as coxas flácidas eu escondia, hoje, sob aquele vestido hippie largo e comprido que já vira dias melhores. Devia causar pena, claro com os óculos de sol baratos enfiados no cabelo desgrenhado e aquele trapo de vestido que já não era bonito nem hippie nem nada — era só uma camisola velha e amarelada. E aquela bruxa me olhava enquanto cruzava as pernas finas e bronzeadas. Fiquei contente ao ver que ela usava um par de chinelos de plástico feios e que tinha os dedos dos pés meio gordinhos; ao menos eu estava de sandálias elegantes e tinha os dedos longos e finos, bem formados. Então ela falou com o anjinho: "Lana, vamos para a varanda, tá?" Enquanto se virava, reparei de novo naquela barriga lisa como um tapa na cara e no piercing que tinha no umbigo: um grande e brilhante embaixo e um menor em cima. Saímos para o calor abafado lá fora, Ramon estendeu o toldo. Meu marido logo entrou de novo: "Vou pegar as bonecas", se desculpou. Robi já tinha visto o perdigueiro lá embaixo e o provocava com latidos histéricos, minha filha mais velha insistia em tocar nele, tentava pegá-lo e o cachorro rosnava. "Ele vai te morder, Mariona." Mas ela nem me dava atenção. Eu suava como na loja sob aquele trapo amarelado, e tinha certeza de que minha fartura de carne ficava visível contra a luz. Sentei numa das espreguiçadeiras com a pequena no colo, pensando que tinham acabado de estender o toldo e que o chão devia estar em brasa. Ele voltou com a sacola das Barbies, espalhou as bonecas num canto coberto com uma esteira de vime, onde já havia uma boneca grande no carrinho e um leão de pelúcia, pegou Laia do meu colo e a colocou ali, diante dos brinquedos. Lana olhava para ela com curiosidade, foi até ela com passos vacilantes e se acomodou ao seu lado. Senti uma pontada de inveja ao ver aquela criatura loira e angelical, já bronzeada pelo sol de alguma praia, que andava, se sentava e se levantava sozinha — perto da minha menina pálida, um pouco olheirenta, que mal começava a se sustentar de pé sem ajuda. Ramon e Pere faziam tilintar os cubos de gelo dos gins-tônicas apoiados no muro da varanda, Ramon ria com vontade e dava cotoveladinhas em Pere enquanto falava animado sobre alguma coisa, e Pere assentia, segurando o riso, abaixava a cabeça e olhava para o perdigueiro tranquilo. Olhava o céu, alguma gaivota voando em círculos, a praia ao longe. Parecia querer se afastar um pouco do irmão expansivo demais. Quando a mãe dele perguntou se também queria um gim-tônica, ele hesitou antes de responder, me lançou um olhar de lado, como quem buscava minha aprovação, e eu disse que uma clara[1] eu até tomaria — e realmente estava precisando. Janne se sentara na espreguiçadeira ao lado da minha, e a sogra tinha voltado a se esconder, para não precisar nos entreter. Nós duas olhávamos as meninas brincando e não conseguíamos puxar conversa — e não era por causa da barreira da língua, porque o catalão dela era bem razoável. Como é que a gente poderia se entender? Ela, Ramon e a filha iam ficar no apartamento onde nós tínhamos planejado passar as férias — e nós teríamos que nos conformar e voltar para o apartamento abafado de Barcelona. Ela não devia ser muito mais jovem do que eu, mas, gorda e cansada como eu me sentia, tinha certeza de que meus vinte e cinco pareciam quarenta. Ela cantava numa banda indie, eu vendia frango. Com algum esforço, trocamos quatro frases. Então Lana veio me trazer uma boneca, depois outra, e depois os vestidinhos — foi deixando tudo no meu colo. No fim, levantou os braços para que eu a pegasse no colo; eu a peguei e a sentei ao meu lado na espreguiçadeira. Assim que viu isso, Mariona — que tinha se afastado para brincar sozinha num canto — veio correndo, quis sentar comigo também, e queria que Lana devolvesse a Barbie mulata de cabelo queimado que tinha na mão. Depois de ceder a Ariel de cabelo vermelho, igualmente queimado, ela conseguiu. Da esteira, Laia viu que tinha ficado sozinha e que eu estava com as outras duas no colo, e começou a chorar. Ele a pegou, a segurou por alguns minutos, mas a pequena queria a mim, e no fim ele a colocou no meu colo, como pôde, entre as outras duas. E lá estava eu, com as três meninas na espreguiçadeira comigo e um carregamento semelhante de bonecas. Ramon nos olhava, o gim-tônica numa mão, o cigarro na outra: "Que mãezona!", exclamou. Deixou o copo perigosamente perto da borda do muro, tirou o celular do bolso, pediu ao irmão que saísse da frente: "Sai daí, homem, que eu só quero as garotas!". Tirou quatro ou cinco fotos: primeiro se aproximando, depois se afastando até quase encostar na parede. Não ficava claro se

1 Bebida típica na Espanha, uma mistura de cerveja com refrigerante de limão. [N. T.]

Janne também aparecia no enquadramento; Janne também não tinha certeza, e a ouvi dizer com a voz irritada: "Cuidado com o copo, vai acabar derrubando." Ele pareceu não ter ouvido, sorria com o cigarro pendurado de um lado da boca e piscava por causa da fumaça. Abaixei os olhos e fiquei observando o redemoinho que Laia tinha no centro da cabeça. Sabia que Janne fazia cara feia, e meu marido também, e que Ramon não se importava nem um pouco — como sempre. Em quinze minutos, o gim-tônica dele tinha acabado, e entrou para pedir outro, dizendo a Pere que era um bobo por ainda estar com o copo pela metade. O cachorro latia como um possesso, só parava para recuperar o fôlego e começava de novo. Nunca quis maltratar um animal, mas com esse eu tinha vontade de dar um chute que o mandasse direto para a varanda do perdigueiro, para que lhe ensinassem o que acontece quando se provoca alguém mais forte. Então Laia começou a chorar de novo, e eu disse que talvez estivesse com fome. Desabotoei o vestido. Janne se levantou e pegou Lana no colo: "Vem, que agora você vai atrapalhar sua tia." E me soou estranho que ela se referisse a mim desse jeito — "sua tia" —, aquele tom que, de repente, parecia quase carinhoso naquela moça tão altiva. Ela olhava com uma espécie de avidez para o meu peito cheio de leite e para a menina que mamava tranquila, até que finalmente disse: "Não consegui amamentar." E abaixou os olhos: "Não tinha leite." Perguntou se eu também tinha amamentado a mais velha. Por um momento, deixei-me levar por uma vaidade ridícula de vaca superprodutiva — escondi as dificuldades e as dores, exagerei minha capacidade láctea. Era a única compensação possível diante daquela barriga lisa e daquele biquíni de lantejoulas. Os irmãos conversavam de costas para nós, olhando o mar, e Robi seguia latindo, até que Mariona — que tinha começado a passear o leão no carrinho de boneca — quis também passear o cachorro. Assim que o pegou, o bicho soltou um rosnado e beliscou o braço dela com os dentes. A menina gritou e o deixou cair no chão — o cachorro também gritou.

Tinha uma boquinha pequena e uns dentinhos de brinquedo, e estava claro que nenhum dos dois tinha se machucado, mas o alvoroço me exasperava. Chamei Pere, disse: "Você não pode trancá-lo dentro de casa? Vão acabar machucando o cachorro." Pere o pegou como pôde — o cão rosnava, abria a boca como uma piranha e tentava mordê-lo virando o pescoço —, e o trancou na sala de jantar, de onde continuou latindo. Ramon estava com os olhos brilhando. Disse que, com um pouco de imaginação, haveria espaço para todos. Tinha os sofás, a cama de casal... As espreguiçadeiras, para dormir ao ar livre... "Coisas mais estranhas já aconteceram neste apartamento, não é, Pere?" Janne franziu a testa, Pere soltou uma risadinha e balançou a cabeça. Eu fingia que não ouvia: esperava a bebê parar de mamar para me levantar, dar uma desculpa e ir embora de uma vez. Como ninguém respondia, Ramon puxou outro assunto, depois mais um, mas só Pere seguia a conversa, e, ainda assim, com pouco ânimo. No fim, percebi que Ramon começava a se inquietar, querendo sair dali. "Por que a gente não vai tomar alguma coisa no calçadão? Damos uma volta pela praia na melhor hora, sem esse calor abafado, jantamos juntos e depois essa ideia de ficarmos todos no apartamento já não vai parecer tão absurda." "Acho que seria desconfortável, Ramon" — disse Janne por fim, com a rigidez teutônica de sempre. Ele a olhou com ar amuado e não respondeu. Eu disse que Janne tinha razão, que não dava, e que agora precisavam me desculpar, porque eu tinha que descer um instante e passar na farmácia. "Pere vai me acompanhar, né, Pere?" Virei-me para Janne: "Você pode vigiar um pouco as meninas enquanto a gente sai?" "Sim, claro." Laia tinha adormecido na espreguiçadeira, Mariona girava a Barbie enfermeira pelos cabelos e a priminha ria. Ramon fumava com a testa franzida e dava goles silenciosos no gim-tônica, como sempre fazia quando as coisas não saíam do jeito dele. Empurrei Pere em direção à porta: "Vamos. Até já." Ele entrou na cozinha para avisar à mãe que íamos até a farmácia, que não íamos demorar etc., e ela lhe disse em voz baixa que ao menos ficássemos para o jantar, faria *esqueixada*[2] e torradas com anchovas. Eu já começava a descer as escadas. Na rua, caminhamos juntos entre sorveterias, colunas de cartões-postais e chapéus de palha até chegarmos ao calçadão, que era um caleidoscópio de turistas queimados de sol, restaurantes e hotéis. Ele se deixava levar. Passamos por uma farmácia, depois por outra — essa ele viu e me perguntou se eu não precisava entrar. "Não, não precisava entrar. Precisava sair do apartamento sem que seu irmão viesse atrás. E agora, que diabo a gente vai fazer?" Mais uma vez aquele gesto — aquele encolher de ombros pela metade que me tirava do sério. Ele fazia tudo pela metade, guardava tudo para si, deixava tudo passar, até mesmo quando a própria família ficava sem férias: seria possível que nem hoje lhe passasse pela cabeça dizer basta e falar com clareza? "No apartamento não cabemos todos de jeito nenhum", disse ele por fim. "Claro que não cabemos, e a sua mãe quer que eles fiquem — aquela metida e o filhinho preferido." Ele deixava que eu desabafasse sem responder, até que acrescentou: "Então vamos ter que voltar pra casa." "E as meninas que se danem, né?" "Mas o que você quer fazer?" "No mínimo, ir ver se achamos um quarto em algum canto." "Agora? Em pleno agosto, você quer procurar um quarto?" "Pelo menos a gente poderia tentar, não acha?" E foi o que fizemos. Entramos em dois hostels simples. Claro que não tinham nada. Caminhamos mais um pouco, entramos num hotel — nada. Achamos outro, um desses lugares vistosos, com saguão elegante demais. Entramos. À direita, via-se um salão de jantar cheio de mesas postas, toalhas cor de salmão, guardanapos dobrados em forma de leque e garçons uniformizados. Pois estávamos com sorte, sim, haviam tido uma desistência naquele dia. Um quarto de casal, sim, dava para colocar uma cama extra, um berço, tinha vista para o mar, café da manhã incluído, televisão,

2 Prato tradicional catalão: salada de bacalhau desfiado, tomate, cebola, azeite e vinagre, sal e, às vezes, uma guarnição de azeitonas ou ovos cozidos. [N. T.]

ar-condicionado e frigobar e... "O preço?" O recepcionista nos disse com um tom neutro, e nós assentimos tentando não mudar de expressão. Ele me olhou com cara de desânimo. "Um momento, por favor", eu disse ao recepcionista, e nos afastamos um pouco, como duas crianças tramando um plano. "Que dinheirão...", disse ele, olhando o restaurante com ar ressentido. Eu fazia contas. "Quantos dias a gente pode bancar?" Ele me olhou espantado. "Mas você quer mesmo gastar essa grana toda por uns dias de praia?" Lancei um olhar irritado. Ele era bem diferente do irmão: olhos castanhos, corpulento, cabelo escuro, tímido com as mulheres, todo ele feito de hesitações e gestos inacabados. Disse com firmeza: "Eu quero que minhas filhas tomem banho de mar e voltem bronzeadas pra casa." Decidimos ficar quatro noites; no quinto dia, voltaríamos depois do almoço e ainda teríamos uma manhã de praia. De volta ao apartamento, Ramon já estava no terceiro ou quarto gim-tônica e participava de uma reunião de bonecas, movimentando a Pocahontas e fazendo-a falar com uma voz fininha. Janne estava na cozinha, ajudando a sogra a preparar a *esqueixada*. "Vamos ficar ao menos esta noite?" Já tínhamos decidido: não. Tínhamos dado sorte e encontrado um hotelzinho ótimo. Não, obrigada, nem jantar queríamos. Eu estava muito cansada e preferia ir logo pra lá. Pegamos as malas, as Barbies e as meninas e nos despedimos de todos sem ceder a nenhum convite — nem para tomar mais uma, nem para passear, nem para qualquer outra coisa. Um dia desses a gente vem fazer uma visita, sim. Ramon me deu dois beijos e segurou meu braço por um instante: "Vamos ver se não demoramos tanto pra nos ver de novo!" — e sorria, como se não fosse ele o primeiro a achar muito conveniente esquecer da família enquanto corria mundo afora promovendo bandas e seduzindo cantoras. Ele não cambaleava nem nada disso, mas falava com uma articulação mais solta e os olhos tinham um certo brilho, como quando era mais jovem. Janne e eu voltamos a apertar as mãos, e fomos civilizadas o bastante para fazê-lo com mais cordialidade do que na primeira vez — mas nos olhos dela se via de novo uma certa frieza, e me perguntei o que aquele bobo do Ramon teria contado. Entre ele e eu não tinha acontecido nada. Não tinha acontecido nada, mas naquela noite, na varanda do hotel, enquanto olhávamos as luzinhas dos barcos no mar e passávamos o frasco de uísque do frigobar de um para o outro — era cobrado à parte, mas já não importava —, eu pensava num show de seis anos atrás. Minha amiga tinha dito que, depois do show, ia me apresentar ao bonitão da banda: ela o achava convencido demais, mas apostava que eu ia gostar. Ramon me dedicou um daqueles sorrisos sedutores, conversamos aos gritos por cima do barulho da música — o brilho nos olhos, o olhar descarado —, apoiou uma mão na minha cintura. Quando eu disse que precisava ir, ele me segurou pelo braço do mesmo jeito que fez hoje, e disse para nos encontrarmos ali mesmo no dia seguinte, às dez: não haveria tanto barulho e poderíamos conversar com mais calma. E, ao me dar os dois beijos de despedida, se aproximava dos meus lábios o máximo que podia. No dia seguinte, saí tarde do trabalho; depois de jantar às pressas, minha mãe me atrasou com bobagens. Cheguei ao bar às dez e cinco, perguntei ao garçom, e ele me disse que o guitarrista da noite anterior tinha vindo, tomado umas cervejas e ido embora uns quinze minutos antes com uma garota. Fiquei completamente murcha. Na saída, esbarrei num rapaz que entrava, pedi desculpas com ar envergonhado e, depois de um olhar distraído, reconheci que era o baixista da banda. Ele se lembrava de mim — tinham nos apresentado brevemente no dia anterior. Perguntou se podia me oferecer uma cerveja. Era tão tímido, corpulento e de cabelo escuro — enquanto o outro era magro e quase loiro —, que jamais teria passado pela minha cabeça que fossem irmãos. Até que ele comentou de passagem: “Meu irmão, Ramon, o guitarrista da banda...” Fiquei paralisada: eram irmãos! Enquanto terminávamos a cerveja, comecei a olhar para ele com outros olhos. Não era bonito, não, mas tinha algo de interessante, e o nariz

— reto e bem formado — era idêntico ao do outro, assim como o riso franco. Era simpático, mas quando, no fim, me pediu o número de telefone, hesitei. Na verdade, eu não queria dar o número para ele, e sim para o outro. Não queria que ele me ligasse, mas sim o outro — aquele cara de pau que tinha me dado o bolo. Ocorreu-me a idiotice de que talvez esse irmão contasse ao outro que me vira, que tinha conversado comigo: "Você foi um bobo de ir embora, essa garota é encantadora." Imaginei que o outro ficaria com ciúmes e pegaria meu número escondido — e que quem me ligaria seria ele. Mas não. Ramon nunca me ligou. Quem me ligou duas ou três vezes ao longo da semana seguinte foi Pere. E comecei a sair com Pere porque minha amiga me dizia que via o Ramon com uma garota diferente todo dia, que ele tinha um fã-clube inteiro à disposição, enquanto Pere só queria sair comigo. E, mesmo que ele não fosse o outro, comecei a gostar do jeito como me olhava e falava. Gostava daquele nariz, daquele jeito de rir — depois, passei a gostar dos beijos dele, dos seus abraços de homenzarrão. Não vi Ramon de novo até três meses depois, na primeira vez que fui à casa da família. Encontrei com ele quando ele descia e eu subia a escada. A jaqueta de couro, a camiseta preta de alguma banda que eu não conhecia, o cabelo comprido, o sorriso, o brilho nos olhos... Sem dizer nada, ele se aproximou de mim, segurou minha cintura, me encostou contra a parede fria e me deu um beijo nos lábios: um beijo longo, descarado e confiante, certo da sua força e da minha fraqueza. Logo em seguida, levou um dedo à boca: não, eu não contaria nada, ele também não, não tinha sido nada, ninguém saberia. Mas agora, depois de acabarmos a garrafinha de uísque, parecia que alguém sabia, sim. Porque Pere me olhou com os olhos marejados e soltou: "Você já estava comigo... e deu um beijo nele. Um dia em que vinha me ver, justamente no dia em que vinha conhecer meus pais." Ficou em silêncio por um instante e depois repetiu, com a voz áspera: "Você já estava comigo e deu um beijo nele." Fiquei de boca aberta. Demorei um pouco para reagir — o uísque deixava minha língua entorpecida. "*Deixei* que ele me beijasse", e quis continuar com alguma justificativa qualquer, mas ele bufou: "Ah, sim, que diferença, hein!" Disse isso sem tirar os olhos do mar, com os dentes cerrados. Eu só tentava conter os danos, mas hesitava um pouco: "Bom... sim, tem uma certa diferença... porque às vezes, em situações assim, a gente é pega de surpresa e, enfim, não sabe direito como reagir. Mas é melhor a gente não continuar falando sobre isso." Ele se levantou e, agora sim, me olhou. "Por que não? Vamos falar sobre isso!" — levantava a voz. Pedi que se calasse, que as meninas estavam dormindo e que não era bom continuarmos. "Foi um dia muito longo. Amanhã quero ir à praia cedo... Vamos deitar." Ele disse para eu ir, sentou-se e voltou a fixar o olhar na água, naquela luzinha piscando de algum barco. Pensei que fosse até o frigobar pegar a outra garrafinha de uísque — e que, com isso, me daria ao menos a pobre satisfação de pensar: *nisso, sim, ele se parece com o irmão*. Mas não foi o que fez. Simplesmente acendeu um cigarro e ficou ali, como petrificado. Entrei sem dizer mais nada, me despi no escuro e me deitei sobre o lençol fresco. Adormeci olhando a silhueta dele recortada contra a luz do calçadão, ouvindo o som das ondas.

IV

O ano letivo tinha começado, e Mariona precisava ir à catequese toda terça-feira. A igreja ficava bem perto de casa, e a sala onde davam as aulas era ali mesmo, no prédio paroquial. Mesmo assim, ela quis que alguém a acompanhasse no primeiro dia, caso não encontrasse o lugar: não conhecia as pessoas, nem o padre, podia se perder — às vezes, ela era tomada por uma timidez repentina. Naquela primeira terça, saí do trabalho em cima da hora e nem consegui passar em casa para tomar banho — só tive tempo de me trocar e lavar o rosto. Suada e ainda com todo o cheiro de frango grudado em mim, corri até a escola. Laia saiu primeiro, e fomos esperar Mariona na outra porta. Quis levar Laia até a loja, mas ela disse que podia ir sozinha — era logo ali, e de tímida ela não tinha nada. Mariona e eu nos despedimos dela e entramos no beco que levava à praça. Entreguei a Mariona o sanduíche de presunto que tinha preparado. Aquela tarde haviam tido aula de educação física — ela estava com o rabo de cavalo torto e fios espetados dos dois lados da testa, vestia o agasalho lilás e rosa que a avó tinha acabado dando de presente. Custava os olhos da cara porque era de não sei que marca famosa, mas suas duas melhores amigas tinham o mesmo, e ela também precisava ter; sempre que usava, fazia uma cara de convencida. Atravessamos a praça cheia de crianças com piões — tinham voltado à moda, e todo mundo tinha um. Pintavam-nos com cores vibrantes, alguns pareciam fluorescentes, outros eram de plástico e, ao girarem, faziam um barulhinho e acendiam umas luzinhas. Os avôs passavam o tempo sentados tranquilamente nos bancos, e as mães tomavam café nas mesas das calçadas. Subimos a rua, deixamos para trás três ou quatro cruzamentos e chegamos à igreja. No pátio já havia um grupo de pais e mães — na maioria mães — e alguns homens. Enquanto entrávamos, vimos o padre chegar: vinha vestido à paisana, era um homem seco, mas atraente, com as sobrancelhas e o cabelo muito pretos. As crianças começaram a se agrupar em volta dele. Mariona me deu um beijo e também foi para lá. As mães começaram a se virar para ir embora. Um dos homens também se virou e me olhou — um homem de cabelo tão preto quanto o do padre, mas com um olhar menos dócil e mais vivo; na verdade, ele olhava em direção à porta do pátio, mas os olhos dele cruzaram com os meus. Ele sorria — achei que aquele sorriso tinha sido para a filha, a quem acabara de dar dois beijos, mas agora o sorriso se prolongava enquanto me olhava. Talvez fosse por acaso. E talvez, por acaso também, eu tenha retribuído o sorriso e sentido vontade de que falasse comigo. A caminho da saída, ele apressou o passo e veio ao meu lado: "Não nos conhecemos, né?" Eu disse que achava que não. Constatamos que nossas filhas não estudavam na mesma escola — a dele ia a uma particular nos arredores, o ônibus a tinha deixado na rotatória, e hoje ele saíra mais cedo do trabalho para mostrar-lhe onde ficava a igreja. Na verdade, não moravam no bairro, mas ele achava bonito que a menina fizesse a primeira comunhão na mesma igreja onde ele havia feito a sua. Eu, sim, morava ali, mas minha filha tinha pedido que eu a acompanhasse no primeiro dia — depois, já iria sozinha. "Pois já que hoje a gente se deu ao trabalho de vir até aqui", disse ele, "e eu não preciso voltar pro trabalho, podíamos muito bem ir até a praça e tomar um café." As mães já se dispersavam em todas as direções a partir do cruzamento da igreja, e nós dois começamos a descer pela rua que levava à praça. Enquanto hesitava, caminhando ao seu lado e tentando manter uma distância natural, pensei que seria mais incômodo inventar alguma desculpa e acabei dizendo: *Por que não?*. Eu o observava com discrição. Usava terno, camisa e gravata; era magro, de traços marcantes, mas harmoniosos, e estava impecavelmente barbeado. As mãos eram finas e pequenas. Tinha um cheiro de alguma colônia boa, mas eu só percebia quando chegávamos a um cruzamento e vinha uma rajada de vento lateral. Comecei a sentir vergonha de estar tão suada e com cheiro de frango — devia estar com o cabelo amassado pela touca e oleoso. Nem sequer tinha me olhado no espelho antes de sair da loja. Lamentei não ter passado umas gotas de Chanel nº 5 — ainda guardava o frasco no armário pequeno e fazia tempo que não o usava —, mas, pensando bem, com certeza aquele homem tão refinado teria achado repugnante a mistura de um perfume caro com o forte cheiro de frango. Não, melhor do jeito que estava e pronto. Antes mesmo de sentar-nos, já tínhamos trocado informações sobre nossas profissões: "Tenho uma empresa de máquinas para construção, principalmente guindastes." "Tenho uma loja de frango assado com meu marido." Pedimos dois cafés com leite — o meu descafeinado, o dele com adoçante e leite de soja, como os das mães alternativas e adeptas de ioga da escola. E, de repente, ele começou a me falar da família e da filha. Que fazia cinco anos que estava separado, que a ex-mulher só pensava em trabalho... A menina morava com ele, e dois fins de semana por mês passava com a mãe. Depois me contou mais: era um homem inquieto, a cidade o sufocava e ele tentava passar o máximo de tempo possível nos Pireneus. Uma vez por mês fazia uma viagem de dois ou três dias — às vezes com a filha. Tinham uma casa na Cerdanha. "Você conhece uma vila encantadora chamada Llo? Pois é lindíssima, de uma tranquilidade extrema, com paisagens de tirar o fôlego." Também gostava de ir porque foi para lá que levou os livros do pai falecido — cerca de três mil volumes, com algumas edições raras de clássicos catalães e ingleses, seu pai tinha uma queda por Stevenson. "Para mim, sabe?", disse ele, "não há nada melhor do que uma noite em que está nevando lá fora, a lareira acesa em casa, minha filha brincando por perto, eu tomo um chá e leio na poltrona. Não preciso de mais nada." Na verdade, ele tinha querido estudar Humanidades, mas o pai insistira que fizesse Direito ou Economia. No fim, começou Administração, mas decidiu montar a própria empresa e largou o curso. "E você, gosta de ler?" Devo ter ficado corada enquanto fazia um esforço supremo de memória — vasculhava minhas lembranças das leituras do ensino médio. No fim, lembrei de *Laura en la ciudad de los santos* e disse que tinha gostado muito. *Espejo roto* não tinha me agradado tanto, mas mesmo assim falei sobre o livro, porque ao menos ainda me lembrava dele. E só. Ele lia bastante e me falou de um livro que tinha lido há pouco, e de novo daquele Stevenson de que o pai tanto gostava. Eu olhava para as suas mãos finas. Gesticulava muito mais do que Pere — Pere parecia ter mãozonas de chumbo. Na verdade, pensei comigo mesma que aquele homem era delicado demais, afeminado demais: o jeito como mexia o café depois de colocar cuidadosamente o adoçante, o dedo mínimo erguido, aqueles gestos tão refinados ao descrever a lareira nova que tinha mandado fazer em Llo. Dava para ver que tinha se barbeado recentemente, a camisa estava bem passada, sentia o seu perfume caro — e o imaginava tomando um chá, em vez de uma cerveja... e tudo aquilo tinha um ar muito pretensioso. Mas, ao mesmo tempo, esse refinamento me atraía. *Claro que ele nunca iria comprar frango assado*, pensei, com ironia. *Claro que, só de entrar na loja, já se sentiria sujo e iria direto para a lavanderia pedir que lavassem o blazer: "sobretudo, por favor, que não fique esse cheiro forte de frango"*. Aquela fineza me irritava também, porque me fazia sentir grosseira, pouco feminina. Mas depois eu olhava para os olhos dele — escuros, expressivos, com um ar de travessura. Pareciam dizer: "Pois é, garota, eu gosto de você assim mesmo." Pura imaginação minha! E ele seguia falando, enquanto eu soltava algum comentário tímido e tentava não encarar demais as mãos ou os olhos dele, até que, num dado momento, o celular dele apitou com uma mensagem, ele viu a hora: "mas já são quase sete e meia!". Tínhamos que ir andando. Nos levantamos, ele quis pagar: "Deixe-me ser cavalheiro; minha ex nunca deixava." E tirou uma nota da carteira com aquelas mãos pequenas. De repente, já não me pareciam tão afeminadas — agora me pareciam elegantes. Fiquei imaginando como seriam quando tocavam uma mulher. Outras mãos, outro cheiro; outra vida: eu nem conseguia imaginar. Mas, enquanto voltávamos juntos para a igreja, me esforçava para imaginar mesmo assim: aquelas manhãs de neblina entre as bezerras dos Pirineus com a filha, as tardes na biblioteca, aquele aroma doce dos livros antigos, o chá na mesinha de centro, a tranquilidade de viver sem angústias no fim do mês, nada de ficar contando quantos sábados poderia jantar fora, nada de se afastar do balcão da recepção de um hotel para decidir quantas noites podia pagar. Devia ser agradável. Dava para ver no rosto dele, na verdade, e na atitude: a expressão amável e ligeiramente irônica, uma segurança cortês, uma desenvoltura no tratamento que nem Pere nem eu jamais havíamos tido. Enquanto Mariona tentava esconder os fios arrepiados atrás das orelhas e me contava histórias do seu primeiro dia de catequese, eu pensava naquele homem — Eudald: até o nome tinha um ar elegante — e o comparava com Pere. Comparava-o também com Ramon, dois sedutores de escolas e mundos distintos, e ficava claro quem se destacava em distinção e gentileza, mas... e o resto, sua tonta, e o resto? Pelo que você sabe dele, esse cara podia muito bem ser um déspota, um manipulador, um péssimo marido e um pai pior ainda... Não estava claro que ele tinha sido um mau marido se a mulher o tinha deixado? Não, a culpa era dela, que era uma "viciada em trabalho". Eu a imaginava esguia e bem-vestida como ele, com as bochechas fundas pelo estresse de uma carreira exigente, salto alto e pasta na mão, as unhas sempre impecáveis — que diferença. Meu Deus, ela e eu! Se colocassem as duas lado a lado... Eu com a touca e o avental branco, as bochechas vermelhas e cheias, suada e com olheiras, ela com os saltos altos e os gestos delicados como os do ex-marido... Com certeza ela pesava uns quinze quilos a menos do que eu. Por que eu tinha ficado tão desleixada? Não era por infelicidade, de forma alguma. Não me considerava infeliz. Na verdade, quando Laia completou dois anos e começou a dormir direto à noite, ambos relaxamos e, pouco a pouco, fomos recuperando uma intimidade tranquila — algumas noites românticas com as peças que restaram daquela lingerie comprada durante a crise de ciúmes de tantos anos atrás. Já estavam velhas, mas ainda nos excitavam. Não era infeliz, não — e isso, muito provavelmente, significava que eu era feliz, certo? — Se alguém me perguntasse, com verdadeiro interesse, como eu estava, eu não teria nenhum motivo para não responder: "Estou bem." Estava bem: as meninas cresciam e iam bem na escola, cada uma com um monte de amigas; a loja tinha sobrevivido à crise. Havíamos passado por momentos de muito medo, especialmente depois de comprar o apartamento, mas agora ela prosperava, e me satisfazia trabalhar com meu marido em algo que, no fim das contas, tínhamos aprendido a fazer bem. Também me satisfazia enroscar-me ao lado dele no sofá quando as meninas já estavam na cama. Não fazíamos nada de especial: víamos televisão, acabávamos o vinho, de vez em quando trocávamos umas palavras. Estávamos cansados. De vez em quando, num sábado, saíamos para jantar, com as meninas ou sozinhos; em agosto, minha sogra nos convidava pelo menos por uma semana para o apartamento, sem chamar nenhum outro parente, e na semana seguinte íamos para uma pensãozinha em algum outro vilarejo do litoral, e voltávamos bronzeados e descansados — e tudo isso estava bem. Viver era isso, não era? Viver era "estar bem". E as pessoas que levavam vidas extraordinárias? Eram aquelas que às vezes apareciam no final do telejornal: os que iam de férias para a Índia e ficavam tão comovidos que voltavam um mês depois para fundar um orfanato por lá; o adolescente paraplégico que dava a volta ao mundo sozinho e voltava transformado num homem; famílias que moravam num veleiro e acordavam toda semana em um porto diferente, sempre bronzeadas, sempre descansadas... Sim, é claro que existiam pessoas extraordinárias, mas elas não viviam na periferia de Barcelona, ou ao menos não sabíamos nada sobre elas: nossa existência era tranquila e uniforme, como a dos vizinhos, dos clientes, dos familiares, dos outros pais e mães da escola. Intuía que a vida de Eudald não era tão extraordinária quanto aquelas, mas me parecia inegável que ficava bastante acima da minha. Eu tinha as meninas e meu marido, a loja e um apartamento que um dia seria nosso, minha saúde e a de todos os meus entes queridos. Ele tinha a filha, saúde, riqueza, cultura, liberdade, mais inquietações que eu e, acima de tudo, mais possibilidades. Sim, essa era a diferença mais importante: as possibilidades, as alternativas, todas aquelas portas ainda abertas. Agora Mariona puxava meu braço e perguntava se íamos comer croquetes de novo: "Já comemos ontem, hoje não é dia", respondi. Mas ela devia saber tão bem quanto eu que ainda havia meio pote na geladeira, e insistiu que queria croquetes: "Três noites seguidas não tem problema, foi o papai quem disse." Papai e os croquetes, papai e as camisetas do Metallica que agora apertavam na barriga e nos ombros: não era só eu que tinha me largado. De repente, irritou-me a ideia de chegar em casa e encontrá-lo com uma daquelas camisetas (as que estavam mais rasgadas, já que ele não as jogava fora, eram "pra ficar em casa até estragar de vez") e uma cerveja na mão, assistindo àquela série idiota de médiuns. Irritava-me que, para o jantar, tivéssemos que comer croquetes de novo, e que, se por acaso me ocorresse propor uma salada verde em vez de salada russa, o mau humor seria geral. E que, depois de comer, ninguém fosse falar daquele Stevenson, nem de ermidas nas montanhas, nem dos abutres lá no alto, cavalos correndo soltos, flores silvestres que só existem nos Pirineus — não. A gente ia se esparramar no sofá, em silêncio, e pronto. Assistir à porcaria da série dos detetives: sangue e violência, vidas extraordinárias só pela brutalidade ou pelas obsessões. Os que não eram viciados em trabalho eram urbanoides selvagens, mentirosos compulsivos, psicopatas, assassinas histéricas — uma coletânea variada de monstros humanos, tudo apresentado em ritmo frenético e com dez minutos de anúncios antes dos trinta segundos do desfecho. Pelo amor de Deus, que saco! *Mas... não era você quem dizia, agora há pouco, que estava bem?* É normal estar bem quando você ainda não pensou que poderia estar melhor, que talvez tenha se conformado cedo demais e com pouco demais. Estar bem é uma questão de perspectiva: quanto mais estreita é a sua visão, melhor você se sente, suponho. Enquanto isso, estávamos de volta em casa. Abri a porta e Mariona rodopiava fazendo uns passinhos de dança que não entendi; logo saiu em disparada escada acima. O hall cheirava a mofo, como sempre. O síndico não era capaz de se dar ao trabalho de chamar um encanador para ver se algum medidor estava vazando. Eu já havia decidido não dizer mais nada — estava cansada de ser a chata do prédio. No segundo andar, havia um trecho de parede preta e descascada, que tinha ficado daquele jeito depois de uma mudança, e que não parecia incomodar ninguém além de mim. As janelas estavam sujas porque a faxineira dizia que não dava tempo de limpá-las em uma hora — que pagassem mais, então... Mediocridade, em resumo. Feiura! Não era de estranhar que quem vivia cercado de coisas medíocres e feias acabasse sendo medíocre e feia também. Não era de estranhar que quem usava a cabeça só para pensar em frangos e lucros e perdas acabasse atrofiado, grosseiro, embotado... E eu? Eu, que tinha tantas coisas para fazer...! Eu, que queria prestar vestibular, cursar uma faculdade, mas, no último momento, no último momento mesmo... Frangos e mais nada. Já dava para sentir o cheiro: ele devia ter começado a fritar os croquetes. Por que tão cedo? Eu ainda precisava tomar banho; em outras vezes em que chegava tarde, me sentava à mesa ainda suada e suja, mas hoje me recusava a fazer isso. Ele disse "oi" da cozinha, e eu fui até lá decidida a dar uma bronca por causa dos croquetes. Ele apareceu na porta para me dar um beijo, e me deu vontade de me afastar: aquela camiseta horrível, cheia de buracos, a calça de moletom com manchas de óleo que não saíam, sem avental — claro —, e com chinelos. Se ao menos ele se matriculasse na academia do bairro e fosse nadar um pouco, mas nem isso. Dava para ver os dedos dos pés peludos e pálidos, com aquela mania exasperante de deixá-los ultrapassar a borda do chinelo, como aspargos saindo da lata. Ele fazia isso sempre, mas naquela noite me enojou ainda mais. De repente, me subiu um bolo de raiva — engoli, porque sabia que a culpa não era dele... ou talvez fosse um pouco sim. Disse que ia tomar banho rapidinho antes do jantar. É uma cena idílica, né? A mesa posta, o pai, a mãe e as duas filhas, todos sentados comendo juntos. O problema é que talvez a conversa não seja muito interessante, porque todos os dias se fala das mesmas coisas, com o barulho da televisão ao fundo, o pão de ontem já não está macio e comem-se croquetes pela terceira vez seguida. Mariona disse, do nada, que estavam deliciosos e ainda completou com um "obrigada". Aquilo de agradecer pela comida devia ser alguma lição da catequese. Eu estava ali sentada, diante do meu marido, entre as meninas, e as via saudáveis e espertas, com os rostos arredondados como o meu e o cabelo escuro como o dele, cada uma com suas manias e tiques: Laia, que franzia o nariz antes de rir; Mariona, que tinha adquirido o hábito de enrolar uma mecha de cabelo no dedo enquanto falava. Certamente copiara isso de alguma amiga, como tudo o mais: o moletom rosa-choque, aquelas pulseirinhas de bolinhas colecionáveis que custavam uma fortuna, o cabelo comprido que ela usava sempre preso num rabo de cavalo alto, como o de Janne naquele dia em L'Estartit, mas escuro e arrepiado. Ela mexia demais no cabelo e desmanchava os cachos, e bastava correr um pouco para aquelas mechas desgrenhadas se levantarem todas para os lados. No Natal, queria que lhe déssemos uma chapinha — "por favor, por favor, por favor" —, e mal fazia um ano que tinha descoberto quem traz os presentes no final do ano e já queria alisar o cabelo, depilar as sobrancelhas, passar esmalte nas unhas... A resposta era sempre a mesma: paciência. As unhas você pode pintar nos fins de semana. Tirar uns pelos e alisar o cabelo, a gente conversa mais para a frente. Quando ela voltou a falar da chapinha, já na sobremesa, me deu um ataque de mau humor: "Já falamos dessa bendita chapinha! Você ainda é uma criança e não tem idade para queimar o cabelo. Vai ter anos e anos para fazer isso depois." Pere me olhou um pouco surpreso. Fazia apenas dez minutos que a menina tinha agradecido pelos croquetes deliciosos, mas eu estava tensa, fazer o quê. Lembrei da filha de Eudald. Tinha reparado nela quando saiu com Mariona do meio da nuvem de crianças e as duas vieram em nossa direção. Não parecia que tivessem virado amigas; olhavam-se com desconfiança, como se nem tivessem conversado ainda. Flávia era alta e magra como um talo e tinha um rosto ovalado e bonito, os olhos cor de mel, o cabelo liso e brilhante. Andava muito ereta no uniforme bordô e azul-marinho da sua escola, com um ar de altivez no olhar — talvez fosse o mesmo tipo de segurança do pai, só que numa versão infantil, ainda não polida. Ela nos disse tchau sem sorrir e se virou, agarrando o braço do pai como se quisesse levá-lo embora o quanto antes. O pai, sim, sorriu, enquanto se despedia de mim com a outra mão. Pensei em Flávia e em como ela seria quando crescesse. Disse a mim mesma que o equilíbrio e o saber se portar são coisas que, se não se aprendem na infância, nunca se aprendem por completo. Mariona era uma boa menina, mas se deixava influenciar demais, não sabia o que queria. Queria o que as amigas queriam, vestia-se como elas ou pelo menos tentava copiá-las com as imitações baratas que a avó achava no mercado. Falava aquele catalão afetado das meninas filhas de funcionários públicos, cheio de barbarismos e com um sotaque cada vez mais castelhanizado, que nunca ouvira dentro de casa. Perdia muito tempo com aquelas atividades extracurriculares de dança — funk, hip-hop —, coisas importadas que se dançavam na TV com rappers de correntes de ouro e moças com glúteos que pareciam de aço, que a câmera mostrava com uma proximidade indecente, mas parecia que só eu achava aquilo um exagero. E era o festival de Natal, depois vinha a coreografia nova, e os deveres sempre ficavam para a última hora, feitos às pressas — embora as notas dela fossem até bem boas. E a Laia? Laia era um furacão, não parava quieta, e ultimamente estava tendo certa dificuldade na escola. Talvez, numa escola particular como a de Flávia, tivessem conseguido endireitá-la, fazer com que se concentrasse, que parasse de esquecer os livros em casa um dia sim, o outro também. Pere estava empolgado porque tinha percebido que ela demonstrava interesse por música. Então começou a ensinar-lhe a tocar baixo, aquele baixo que tinha ficado enterrado no fundo de um armário por mais de uma década. "A menina tem talento", ele dizia. Nos fins de semana, colocava discos para ela ouvir, queria expô-la ao máximo de música possível, quanto antes, melhor. Era preciso estimular a sensibilidade, segundo ele. Eu não sabia se ela tinha mesmo tanta sensibilidade assim, para ser sincera. Eu via que ela gostava de se esbaldar com as músicas do Deep Purple, que corria pela casa com dois dedos levantados, imitando os chifres do demônio como o Angus Young, e que adorava uma musiquinha de sonoridade antiga do Jethro Tull, só porque no fim havia um grunhido de porco — quando o flautista puxava o ar. A primeira vez que ouviu aquilo, ela caiu na gargalhada, colocou a faixa quatro vezes seguidas enquanto eu passava o aspirador, e me atrapalhava correndo do toca-discos até o sofá. Tinha aquela risada solta, franca, igualzinha à do pai, daquelas que contagiam. Mas naquela noite, quando me pediu se podia pôr "a música do porco", achei que seria demais, que eu ia explodir. Será que algum dia já se ouviu flautistas imitando porcos na casa de Llo? Não, esses sons não se ouviam na casa de Llo, ouviam-se na minha, com o fedor de croquetes de frango por todos os cantos, porque não havia Cristo que fizesse aquele homem ligar o exaustor quando cozinhava. Laia se apressou em se levantar, pegando alguns pratos antes de correr para o toca-discos, porque a mesa eram elas que tinham que limpá-la. O pai me lançou um olhar de lado e deu permissão para colocar "a música do porco". "Só uma vez, que já está tarde", disse ele. E eu já não sabia o que me tirava mais do sério: se ouvir o porco pela enésima vez, ou ver Pere cutucando os dentes com a boca escancarada, dizendo que tinha ficado um ossinho preso, ou Mariona enrolando o mesmo cacho despenteado no dedo sem parar, cantarolando com aquele sotaque afetado, "Aiú draif mi crêêêisi, uôôô uô-ho-hôôôuo..." ou o estrondo que veio da cozinha, Laia, sempre com os dedos engordurados, correndo para colocar a música do porco. Mordi o lábio ao perceber que um dos pratos que ela havia levado era o das bordas decoradas, onde estava a salada russa, o único prato bonito que ainda nos restava. Os outros vinham de uma coleção que um jornal ofereceu de brinde, já todos desbotados. Não me levantei, porque, se tivesse me levantado, teria dado um tapa nela. E, no fundo, não queria fazer isso. Ela apareceu com cara de arrependida, e Mariona me observou para ver qual seria minha reação. Ela, sim, teria gostado de ver o tapa. O pai dela gritou, sem muito entusiasmo: "Por que você não presta atenção quando carrega os pratos? Não, deixe, que ainda vai acabar se cortando. Vá pra lá!" Laia interpretou o "pra lá" como "sorrateiramente até o toca-discos". O vinil do Jethro Tull ainda estava lá. Ela hesitou um pouco, desenrolou o fio do fone de ouvido, conectou-o e o colocou. Em circunstâncias normais, ela preferia que ouvíssemos todos juntos — o porco —, mas agora sabia que isso teria sido imprudente. Por fim, me levantei, comecei a recolher copos e talheres, mas o asco me venceu. Para que ele me ouvisse da cozinha, disse em voz alta: "Estou com dor de cabeça." O zumbido no cérebro era tão forte que nem era mentira. "Vou deitar um pouco", acrescentei. No caminho para o corredor, vi Pere agachado na cozinha, recolhendo os cacos do prato, enquanto Mariona lavava os outros, cantarolando aquele maldito funk. Fechei a porta do quarto. Laia tinha desconectado os fones de ouvido e comecei a ouvir a flauta, a melodia que se animava, e depois de alguns minutos chegou o tão aguardado porco, as gargalhadas incontroláveis de Laia. Naquela noite, elas não me contagiaram; naquela noite, pensei que tinha duas filhas bobas e me perguntei como seriam dali a alguns anos, se o ensino médio no colégio do bairro acabaria por estragá-las de vez, se passariam os fins de semana pulando de balada em balada até se casarem e começarem a vender frango. Talvez tivesse sido melhor criá-las com um pouco mais de disciplina, investir em uma escola melhor, insistir mais nas tarefas apesar das reclamações, apesar daquela preguiça que tanto me lembrava a minha. No fundo, eu sabia: era tudo preguiça quando eu dizia que talvez fizesse o vestibular no ano seguinte, que agora queria viajar. No fim, tinha ido a Mallorca, a Cadaqués e ao sul da França; depois precisava de dinheiro e fui atrás de trabalho; depois veio o casamento, depois os frangos, e ali fiquei. Pere demorou um pouco para vir ao quarto, porque teve que lavar os pratos que normalmente eu lavava. "O que você tem hoje?", ele perguntou. "Nada, nada", respondi. Poderia ter dito: "Você, elas, o apartamento, tudo isto, esta vida medíocre, os dias sempre iguais na Casa Frango, esta família que não me satisfaz, esta amargura que sinto, hoje que fico fantasiando com outros homens e outros filhos, as famílias alternativas que eu poderia ter tido." Ele se sentou ao meu lado na cama, passou um braço por cima dos meus ombros, me deu um beijo muito suave na têmpora. Eu fiquei quieta. Aquela doçura me irritava, não me distraía da mesquinhez geral. Pensava nos beijos do outro, no amor do outro, na vida com o outro. Como teriam sido? Como poderiam ser? Meu marido me perguntou se tinha acontecido alguma coisa naquela tarde. "Nada", repeti com obstinação. E então lhe disse, como quem não quer nada: "Na verdade, estive bem. Na hora da catequese, fomos até a praça, havia outras mães por lá. Acho que estou sentindo falta de um pouco de vida social." Ou seja, "fomos até a praça" queria dizer que Eudald e eu fomos juntos, embora "Eudald e eu" ficasse subentendido; e na praça "havia outras mães", embora nenhuma estivesse sentada na nossa mesa; e dizer que sentia falta de vida social era, de longe, a coisa mais verdadeira que eu tinha dito em muito tempo. Não havia mentido. Ele me beijou de novo na têmpora e me esforcei para não o rejeitar, mas os pensamentos continuavam. Por fim, comentei: "Tomara que a gente repita isso semana que vem." E ele respondeu: "Tomara. Talvez fosse bom para você conversar com umas amigas de vez em quando." Então me abraçou, agora com os dois braços, e aquilo já podia significar outra coisa, um desejo que me incomodava. Por isso, aí, sim, eu me afastei. "As meninas ainda não dormiram." "Eu sei... Se não quiser nada, tudo bem, já vi que você não está a fim de qualquer forma." Ele se levantou e foi até a porta: "Acho que você quer ficar sozinha. Vou ver *CSI*." E me deixou sozinha com as minhas fantasias. Não me senti mal por tê-lo rejeitado. Não estava nem um pouco com vontade de fazer amor com ele. Precisava emagrecer. Precisava me arrumar com um pouco mais de jeito. Dois beijinhos e ele já achava que eu ia cair extasiada a seus pés, com aqueles dedos peludos escapando dos chinelos. Afundei o rosto no travesseiro. Não queria chorar, não, era apenas aquela amargura de mulher invejosa e insatisfeita, aquelas imagens recorrentes, o homem refinado que toma leite de soja e adoçante, a vida serena da opulência, aquela vontade incontrolável de que já fosse terça-feira outra vez. Precisa mesmo que eu diga? Que a semana passou voando, que eu estava distraída e ansiosa e que só uma vez, para que ele não reclamasse, deixei meu marido fazer amor comigo? Na terça à tarde, quando entramos no beco que levava à praça, Mariona não perguntou por que eu a acompanhava de novo, mesmo tendo dito que não faria isso. Ela era doce e tímida como o pai, achou normal. Com Pere, eu não tinha tido coragem de inventar uma desculpa para sair mais cedo da loja e ir para casa tomar banho, mas demorei mais me arrumando. Havia me maquiado um pouco e passado perfume. "Estou apresentável?", perguntei antes de sair. "Não quero que esse pessoal perceba o cheiro de frango." E, mais uma vez, pensei que dizer "esse pessoal" no lugar de "Eudald" não era, tecnicamente, uma mentira. "Está bem apresentável. Está muito bonita", ele respondeu. Mas ao se despedir, torceu a boca. Já tinha começado a limpar os balcões e não me olhou mais. Eu saí aliviada, rumo à escola. Já na rua da igreja, com Mariona, percebi que me sentiria muito idiota se, no fim das contas, Eudald não acompanhasse a Flávia. Mas assim que entramos no pátio, vi que chegava do outro lado da rua, com a filha pelo braço, sorrindo, acenando. O coração acelerou. *Mas que loucura... É só a segunda vez que você vê esse cara, sua boba adolescente.* Mariona me deu um beijo e foi com as amigas, sem notar que minha voz tremia. Flávia passou por mim sem me olhar, com aquele andar ereto e altivo que era tão dela. No último momento, porém, vi que me olhou de soslaio, juntou-se aos outros garotos e ficou de costas conversando com uma menina tão alta quanto ela. O pai dela tocou meu braço por um instante. "Você também veio de novo. Que bom. Se quiser, eu gostaria de voltar à pracinha." "Sim, eu também estou com vontade de ir." Deixamos as meninas no pátio — o pároco já estava chegando — e seguimos andando. Comecei a andar com ele, cheiroso, barbeado, de camisa, jeans e paletó, rumo à praça cheia de mães. Ocorreu-me que alguém podia nos ver, que a curiosidade talvez levasse Pere a fazer um desvio antes de ir para casa. Decidi que isso não aconteceria e que, se acontecesse, paciência. "Hoje só veio o Eudald, o pai da Flávia." A gente foi tomar um café, só isso. Não estávamos fazendo nada de errado. "Nada de errado" talvez não fosse a melhor maneira de descrever aqueles sorrisos, meus olhos abaixados sempre que os dele ficavam insistentes demais, aquelas mãos que mexiam nas colheres ou faziam girar as xícaras, inquietas, tão próximas uma da outra, buscando um toque acidental. No fim, se tocaram. Tive medo de que ele se encorajasse e escondi minha mão no colo. Ele me olhava e, de repente, disse: "Sabe que eu gosto muito de estar com você?" Sorri, abaixei de novo a cabeça. De repente, era uma jovem tímida. Onde foi parar a mulher arisca agora? "Também gosto de estar com você", respondi em voz baixa. Por sorte, já era hora de buscar as meninas. Subindo, nossas mãos se tocaram de novo por acidente. As crianças já estavam fora da aula, e nos afastamos um pouco. "Tchau." "Tchau. Até terça." Uma última troca de sorrisos. Cada um virou o rosto para olhar o outro por um instante: primeiro ele, depois eu. Voltando para casa com Mariona, eu sabia que o jantar seria o frango assado de ontem com salada russa, mas não me importava. Agora eu prestava atenção em todas as explicações da menina: que a parábola dos pães e dos peixes, que o credo era para a semana que vem, que era longo, o credo. "Você sabe ele de cor, mamãe?" Eu respondia com voz doce. Hoje, eu conseguia. Aquela minha filha também era bonita, mesmo que não fosse tão alta nem andasse tão reta quanto Flávia. Era mais afetuosa, mais alegre. Talvez, quando crescesse, estivesse sempre por perto, nós nos amaríamos, ela me confiaria suas aflições amorosas. Passamos pela praça de novo. Do beco vinha aquela luz amarelada do entardecer, agora direto no nosso rosto. Já não víamos nada, só um brilho dourado, as sombras dos que passavam, as silhuetas das árvores miúdas. Minha filha não recitava só letras bobas de funk. Agora ela também recitava o credo, e num catalão bem decente — devia ser influência do pároco, que era do bairro de Gràcia. "Creio em Deus Pai todo-poderoso..." Ao chegar em "padeceu sob Pôncio Pilatos", ela se atrapalhou. Eu a ajudei um pouco enquanto desviávamos de um velhinho que batia no chão com a bengala e enxergava ainda menos que a gente. "Subiu aos céus." "Ah, sim, sim, sim... E está sentado à direita de Deus Pai todo-poderoso, e de onde há de vir a julgar os vivos e os mortos." "Agora a última parte, força", e a menina fazia esforço de memória e continuava, apertando minha mão com a sua mão suada. Saímos daquele banho de sol, os olhos viam estrelinhas e tudo parecia azul. Pensei que podia entrar na casa de frios para comprar presunto, aproveitando que não havia fila. Mariona empacou justo na frase que eu sempre pulava, antes e depois da primeira comunhão. Era preciso fé demais para acreditar na ressurreição da carne nesta era de medicina avançada, adultérios fáceis, uma moral que é como fibra óptica: com um jeitinho, dobra-se e passa por onde quiser. O desejo manda, e todo mundo finge ser tolerante porque todo mundo quer fazer a mesma coisa — egoísmo puro. Mas não se martirize agora, você ainda não fez nada de errado. Por que então me parece que vou comprar cento e cinquenta gramas de presunto ibérico só para me redimir de alguma coisa?" Mariona me seguiu para dentro da loja, e de repente fomos envolvidas pelo ar-condicionado e por um aroma delicioso. A menina soltou um "hmm" de prazer e então se lembrou: "... a ressurreição da carne e a vida eterna, amém." Naquela noite, e nos dias seguintes na loja, e nas noites seguintes em casa, eu não me irritava com nada, não gritava de jeito nenhum, me dava bem com todo mundo, sempre cedia: era a mãezona que Ramon tinha visto naquele dia de verão, a balconista amável, a mulher serena e sensata. E eu era essa mulher porque já não precisava que a minha vida do dia a dia "funcionasse", nem de fechar os olhos à noite achando que todo aquele esforço acabaria valendo a pena: agora eu tinha a vida imaginária, me alimentava disso — das lembranças, das fantasias, da antecipação. Vivia de terça a terça, e o que acontecia no intervalo pouco importava. Numa noite, inclusive, quando meu marido me quis, deixei-me levar mais ou menos de boa vontade, pensei apenas por uns momentos no outro, imaginando que, em vez daquele corpo grande, eu tocava um corpo magro que cheirava a cremes caros. Depois pensei que eu mesma precisava emagrecer, talvez comprasse uma lingerie nova e a escondesse no fundo da gaveta. Demorei um pouco para adormecer. Ele me deu boa-noite e ficou deitado de barriga para cima. Logo o ouvi roncar. Na terça-feira, tive que conter a emoção enquanto cortava frangos e os regava com o molho. Custava-me devolver o troco certo, desculpava-me por ter que pedir que repetissem os pedidos. Não tive fome nem para terminar o sanduíche; ele comeu a outra metade, empurrou com Coca-Cola, calorias ao máximo. Me incomodou vê-lo falar com a boca cheia, olhar para ele e não sentir nem uma faísca de desejo, vê-lo um pouco triste e não ter vontade de consolá-lo, de perguntar com voz doce: "O que foi?". Até poderia ter feito isso, mas a expectativa do encontro era maior. Dei-lhe só um selinho e rezei para que entrasse algum cliente. Por sorte, entrou um, depois outro, e mais dois — era uma daquelas tardes de movimento pingado. No fim, chegou a hora de fechar sem precisar dizer grande coisa. Tranquei-me no banheiro, lavei o rosto, me maquiei com cuidado. No último segundo, decidi tirar a lingerie comum e vestir o conjunto bonito — já bem velho — que levava na bolsa, como se Eudald fosse me despir ali mesmo, na praça. Eu sabia que não seria assim, mas eu me sentiria mais atraente — ora, estava com vontade de usá-lo. Borrifei umas gotas de Chanel nº 5 na nuca, na parte interna dos cotovelos, nos pulsos. Saí do banheiro e disse: "Bom, tchau. A Laia vem sozinha, como da outra vez. Até mais." Ao chegar ao pátio da igreja, vi Flávia com a outra menina alta. Ficavam um pouco afastadas das demais crianças. Eudald não estava. Flávia me viu e me fulminou com o olhar antes de virar de costas. Depois do beijinho de Mariona, fiquei mais alguns minutos no pátio sem saber o que fazer, dando voltas feito uma boba e tentando puxar conversa com duas mães que ainda vinham acompanhar os filhos. No fim, as crianças foram embora com o pároco e eu me retirei pelo mesmo caminho, cabisbaixa, rumo à praça. Ao chegar ao primeiro cruzamento, Eudald apareceu e eu levei um susto. Apesar de ser tão elegante e seguro de si, se escondia atrás das esquinas, estava um pouco corado, sorria com um ar culpado. "Flávia não quis que eu a acompanhasse de jeito nenhum", disse, tocando meu braço. "Sabe como são as crianças, mas estou morrendo de vontade de tomar um café com você." Então fomos, rumo à praça. Naquele dia, a conversa foi pessoal desde o primeiro momento: "Flávia não gosta de nenhuma das mulheres com quem tenho saído. Boicota minha vida amorosa sistematicamente. Claro que até agora também não escolhi muito bem, reconheço." Sentamos a uma mesa, e de repente ele me perguntou sobre meu marido. "Como vocês se conheceram?" Ele me ouvia com atenção e me incentivava, os olhos ávidos, aquele brilho de malícia como um convite para que eu me abrisse. Queria saber se estávamos bem, claro, se ainda fazíamos amor, se eu o amava. "São muitos anos...", suspirei por fim, e me senti uma idiota, porque sabia que não precisava dizer nada daquilo, mas era como se eu não conseguisse me calar. Teria querido dizer "Eu o amo", não porque sentisse que era verdade, mas para provocar ciúmes naquele homem. Que vergonha. *Então diz, vá, diz que o ama*, pensei — mas não conseguia. Eu olhava aquela mão delicada perto da minha, tentava atraí-la com o olhar. "Se quer saber a verdade...", comecei, mas parei ali mesmo. Fiquei em silêncio, olhos baixos, fixos naquela mão. E seu dedo mindinho — o mesmo que ele levantava ao levar a xícara aos lábios — deslocou-se até o meu e o acariciou: primeiro roçou meu mindinho, depois o anelar, da base até as unhas. Depois pousou a mão inteira sobre a minha e a apertou levemente. A minha parecia mais masculina: a dele era delicada e branca, muito suave; a minha estava quase tão amarelada quanto a pele dos frangos, tinha uma coleção de cicatrizes, o dorso ressecado apesar dos cremes. Enquanto eu olhava, confusa, nossas mãos juntas, ele disse: "Gosto muito de você, Eva. Acho que já sabe disso." Eu não conseguia responder, não conseguia levantar os olhos. Sentia um certo espanto por aquele contato e, principalmente, pelas palavras que eu estivera prestes a dizer momentos antes: "não sei se o amo". E entre a euforia e o desejo, começou a se insinuar uma melancolia, um medo, o anseio contraditório de que aquele homem me beijasse e de que já fossem sete e meia e voltássemos para casa. Ainda devia faltar muito tempo — e me surpreendeu perceber um formigamento de impaciência, um impulso de me libertar daquela mão delicada. Olhei de soslaio para um grupo de pessoas que passava perto da nossa mesa, depois voltei a olhar nossas mãos por um segundo. Ele entendeu imediatamente e afastou a sua. Para distraí-lo e fazer o tempo passar, perguntei: "E a sua ex-mulher?" Ele falou longamente sobre ela, com olhos expressivos, e de vez em quando me acariciava novamente os dedos com discrição. Eu mal o escutava, apesar de manter um sorriso compreensivo. Teria preferido afastar a mão, inventar uma desculpa e ir embora, mas fiquei ali, imóvel. No fim, foi ele — como sempre — quem olhou o celular e disse: "Já são quase sete e meia, vamos." Nos levantamos. Insisti em pagar. Começamos a andar e, ao atravessar a última rua lateral antes da esquina da igreja, vi que estava deserta. Ele também percebeu e, de repente, me segurou pelo braço e me puxou até o canto onde tinha se escondido mais cedo. Eu temia e esperava por isso ao mesmo tempo. Colocou uma mão no meu pescoço e me beijou. Senti aqueles lábios suaves, a pele ainda mais macia, o cheiro de colônia e cremes bons. Mas o desejo já tinha se apagado, e agora se misturava a uma espécie de angústia, enquanto eu pensava naquele outro beijo furtivo de Ramon nas escadas do prédio dos sogros. E pensava que tinha gostado mais daquele. Tinha sido mais apaixonado. Quando chegamos ao pátio, as crianças demoraram mais do que o habitual. Ficamos de pé ali, próximos, mas longe o bastante para evitar qualquer contato acidental, qualquer mal-entendido; mesmo assim, um pouco adiante estavam aquelas duas mães que nos observavam de soslaio. Até que, no fim, já não consegui esconder mais meu desconforto, a melancolia que me apertava a garganta. Olhei para ele e disse, sem rodeios: "Semana que vem a gente não vai mais se ver, Eudald." Ele ficou surpreso. "Ah, não?" "Não." Ele não sabia o que dizer, de repente estava tão confuso quanto eu e, depois de um instante, fez cara de menino emburrado. "Como quiser." Passaram-se dois minutos mais longos que duas semanas, e ouvimos as crianças. Flávia não me olhava, Eudald me lançou um olhar com um toque de frieza. "Até logo." "Até logo." Mariona vinha um pouco mais atrás e, ao se aproximar para me dar um beijo, sussurrou no meu ouvido: "Aquela menina, a Flávia, é muito convencida." "Sim, tem cara de ser mesmo", respondi. E ela, disfarçando a curiosidade com um tom neutro: "Você já conhecia o pai dela?" Respondi que não. "Não somos amigos, não, mas conversamos um pouco e ele é simpático." Mudei rapidamente de assunto e perguntei o que tinham feito naquele dia. "Aprenderam outra oração?" "Não, hoje foi a parábola das bodas de Caná, o vinho bom ficou para o final, os noivos ficaram felizes." Ao sairmos do pátio, já nem a escutava mais, a culpa devorava o meu cérebro. Não sei como chegamos até a praça, quem me guiava era ela. Agora vinha aquele raio de sol ofuscante, era só um momento, e pronto. Mais uma semana e àquela hora o beco já não teria luz. "Mas semana que vem não vou mais acompanhar você, certo, Mariona?" "Mãe, olhe, hoje também não tem fila, vamos entrar?" "Vamos sim, hoje vamos comprar o melhor presunto. Quatrocentos gramas. No cartão, por favor." Guardei o pacote e a carteira na bolsa enquanto caminhávamos, porque estava morrendo de vontade de estar em casa: o cheiro dos croquetes na frigideira, seu corpo largo de costas, a mesa posta, nosso lar. Durante o jantar, tentei me interessar pelo festival de dança que Mariona teria no Natal, por Laia, que dizia que já sabia tocar seis acordes no baixo. Ele estava calado, me olhava pouco e de soslaio — ou talvez fosse coisa da minha cabeça. Depois, ofereceu-se para lavar os pratos, mesmo que fosse a minha vez. Dessa vez, colocou o avental, mas não o amarrou e ele ficou pendurado, aberto pelos lados. Tive vontade de ir até ele, amarrar o avental e abraçá-lo. Também me lembrei daquele dia, tantos anos atrás, quando, enquanto ele lavava os pratos, eu abaixara suas calças. Mas aquela doçura ou aquela fúria, agora, não, agora eu não podia fazer nem uma coisa nem outra, teria caído no choro. Ele me perguntaria o motivo, e tudo iria por água abaixo. Esperei por ele no sofá com uma impaciência dolorosa, de pijama e robe, o *CSI* passando na televisão. Quando terminou, ele disse que não queria assistir mais nada, que estava muito cansado. "Então vamos dormir." Vestiu o pijama, de pé, diante da cama. Eu já estava deitada do meu lado e o observava. Ele se sentou de costas para mim e, de repente, ficou muito quieto. Aproximei-me e finalmente o abracei por trás, um abraço um pouco desconfiado, com o queixo apoiado no ombro dele. "Você está bem?" Ele virou a cabeça, só um pouco. "Você ainda me ama, Eva?" Comecei a tremer. Abracei-o com força e disse que queria estar com ele, e eu sabia que isso era verdade. Ele não me pediu mais nada. Pegou minha mão, apertou-a com a dele — áspera, forte, cheia de cicatrizes como a minha. Com a outra mão, virei um pouco mais seu rosto e procurei seus lábios por entre a barba — não alcançava. "Vira pra cá, vá, olhe pra mim." Dei-lhe um beijo muito suave e comecei a desabotoar a camisa do pijama que ele acabara de colocar. Não sentia desejo, não, nem por ele nem pelo outro. Havia apenas o espanto, uma melancolia mais profunda que antes, uma ternura crescente. "Eu não vou embora", diziam minhas carícias. "Se achou que eu estava me afastando, está vendo agora que voltei."

V

Quando parece impossível que as coisas fiquem ainda mais complicadas, sempre pode acontecer de tocarem à porta numa noite qualquer. Estávamos pondo a mesa para o jantar, fazia quatro dias que comíamos frango assado e um pouco de *samfaina,*[1] e eu ia para a cama com uma sensação de peso cada vez maior, completamente esgotada. Por sorte, Mariona já ia e voltava sozinha do colégio e da escola de dança; Laia também ia e voltava sozinha do colégio e do curso de inglês. Tinha muita dificuldade com o inglês; a mais velha dizia que para ela nunca tinha sido difícil graças às músicas de funk e hip-hop que tinha aprendido todos aqueles anos, e eu me calava. Se ao menos você tivesse aprendido as músicas da Madonna que eu cantava para você quando era bebê e chorava à noite... Madonna tinha um pouco mais de graça do que esses caras de moletom e correntes de ouro, mas fazer o quê, pode ser que você tenha razão. Saía logo cedo e ia para a casa da minha mãe: fazia uma semana que ela tinha sido operada do joelho, não podia se mover muito. Eu preparava a comida, limpava a casa — ela tinha feito o mesmo por mim alguns meses antes, quando eu tinha passado duas ou três semanas vomitando e tonta. Naquela manhã, tínhamos saído um pouco, ela com a bengala e segurando no meu braço. Era um dia típico do começo de maio, ensolarado e quente. Sentamo-nos num banco da rua da igreja, olhando os jardins, as florezinhas delicadas

1 Preparação catalã feita com berinjela, pimentão, tomate, cebola e alho refogados em azeite. [N.T.]

de jasmim-azul como nuvens de borboletas imóveis, a buganvília fúcsia que despontava por cima das cercas. Era o dia em que eu começava a trigésima segunda semana de gravidez: um único erro de cálculo em toda a minha vida fértil e pimba! Outra menina, quinze anos depois da primeira. Mariona e Laia estavam felicíssimas, isso sim, e entre as duas decidiram, escolhendo entre os quatro nomes que havíamos sugerido, que a bebê se chamaria Célia. Eu tinha começado a cuidar da alimentação assim que passou o susto da notícia, mas o problema no joelho da minha mãe tinha desorganizado os horários e a dieta, e naqueles dias era frango e mais frango. Algumas noites, Pere preparava saladas, legumes no vapor, coisas assim, e eu agradecia. Ele também havia recebido a notícia de que seria pai aos quarenta com um pouco de perplexidade. De vez em quando demonstrava certa inquietação, mas no geral estava contente. A loja estava indo bastante bem. Tínhamos contratado um ajudante, um equatoriano jovem chamado Esteban, para me substituir aos poucos — agora eu só atendia por um tempo ao meio-dia; dali a uma ou duas semanas deixaria de vez. Esteban era um rapaz inteligente, embora extremamente tímido, e logo aprendeu a fazer tudo direitinho. Nós também conseguiríamos fazer tudo certo, não é? O que havíamos feito com duas filhas, poderíamos fazer de novo, não é? Mesmo estando mais velhos. E estávamos bem, estávamos realmente bem. Já fazia muito tempo que não tínhamos uma briga séria, ríamos juntos, tínhamos aprendido a aceitar boa parte das manias um do outro — ataques de mulher arisca e dedos para fora do chinelo incluídos. A noite do erro de cálculo havia sido fogosa, e ainda tínhamos noites assim com certa frequência. Com as questões das meninas, estávamos em sintonia. Naquela mesma noite, a da batida na porta, havíamos dado um sermão extraordinário em Mariona. Algumas horas antes, quando eu voltava de levar um remédio para minha mãe, lembrei que tinha esquecido de comprar outra coisa na farmácia e entrei num beco lateral para ir até a da praça. De longe vi que, num cantinho, estava Mariona — ela costumava ficar ali um pouco depois das aulas, lanchava com as amigas sentada num banco. Nesse dia, porém, não estavam lanchando, ou já tinham terminado; naquele momento, estavam dançando algum tipo de coreografia, e ao ver de que tipo era, parei em choque. As quatro usavam aqueles shorts tipo tanga que hoje todas as garotas entre os doze e os trinta e cinco anos usam sem aparente escândalo de ninguém. Eu comprara para ela um de comprimento normal, daqueles que cobrem o traseiro e mais uns bons dedos de coxa, mas ela se recusou a usar: "Esta porcaria parece uniforme de escoteiro, você quer que riam de mim?" Na Catalunha ainda existiam *escoltes,*[2] mas ela falava *boy scouts*, não dizia que gostava de alguém, e sim que *rolava um feeling* com fulano, já não usava camisetas ou blusas, ela só tinha *tops*, e mudar para o castelhano no meio da conversa com as amigas era o auge de tudo o que era descolado. Eu já tinha me acostumado com o catalão afetado, mas com os shorts-tanga, de jeito nenhum. "Vamos mandar encurtar, se quiser, mas eu vou com você e vou decidir até onde, não pense que vai sair por aí mostrando metade da bunda. E pode esquecer essa história de usar esses sutiãs de renda que a Sara diz que são tops." E pronto, tínhamos a menina frustrada: "O que você quer é que eu vire freira!" "Não, querida, o que eu não quero é que minha filha se vista como uma meretriz." "Como uma o quê?" "Como uma prostituta. As coitadas hoje em dia são até mais recatadas que vocês." Foi assim que eu a encontrei: dançando com o grupinho de shorts-tanga na praça mais movimentada do bairro, entre os moleques que agora corriam de um lado para o outro de patinete, com as mães de sempre sentadas nos cafés. Digo "dançando", mas teria que dizer outra coisa, porque aquilo era outra coisa: uma espécie de cópula teatralizada no ritmo do reggaeton para diversão dos transeuntes — "agora você faz comigo", "agora eu faço com você".

---

2 Nome dado aos escoteiros na Catalunha, muitas vezes associado a movimentos de escotismo com identidade cultural catalã. [N. T.]

Mariona não ficava nem um pouco atrás, tão tímida que era para certas coisas, mas rebolava tudo — e como! Que desperdício de dinheiro todas aquelas aulas de funk e hip-hop, se o resultado era aquele. Tão inocente e angelical como parecia nas fotos da primeira comunhão cinco anos atrás, com aquele vestido que mais se assemelhava a um enorme bolo de chantilly, igual ao das amigas, porque no fim a avó cedera e ela mesma acabara dando de presente: "Coitadinha, só se faz a primeira comunhão uma vez na vida." Percebi que meu rosto estava queimando. Já tinha começado a contornar a praça para que ela não me visse, quando reparei em duas mães sentadas numa mesinha que sacudiam a cabeça olhando para elas. *Elas têm razão*, disse a mim mesma. E quer saber? Fui até lá. Mariona estava tão concentrada na coreografia que nem me viu, as outras também não. Parei diante delas, soltei uma voz áspera, disse sem gritar: "Acho que já chega." Elas se endireitaram num salto, saindo daquelas poses escancaradas, de repente era só cara de espanto e de inocência. Lancei um olhar fulminante à minha filha: "Daqui a meia hora em casa." E fui embora, muito ereta apesar da barriga grande e das pernas cansadas. *A gente conversa em casa*, repetia a mim mesma pelo caminho. Na volta, passei em frente à loja e encontrei Pere e Esteban fechando. Pere tinha uma sacola na mão. "Hoje não é frango", disse ele ao ouvir meu resmungo, "sobraram *butifarras*",[3] e acendeu um cigarro. Nos despedimos de Esteban e, enquanto seguíamos para casa, contei a Pere o que Mariona tinha feito — o festivalzinho que tinha montado com as amigas na praça —, no início sem muitos detalhes, mas, ao ver que ele minimizava a situação: "Você sabe que hoje em dia todo mundo rebola, nos videoclipes... e esses shorts que tanto deixam você horrorizada, todo mundo usa...". Acabei tendo que descrever o espetáculo com mais clareza, até que, no final, ele ficou vermelho: "Bom, então é só dizer para ela que não faça

3 Embutido tradicional catalão, semelhante a uma linguiça fresca feita principalmente de carne de porco e especiarias. [N. T.]

mais isso, ué." Mas estava claro que ele não estava a fim. Essas coisas o deixavam desconfortável, preferia que eu resolvesse e pronto. Chegando, os dois tomamos banho. Sabíamos que Mariona demoraria mais que a meia hora determinada, como sempre, e hoje, sabendo que ia levar bronca, demorou ainda mais — quase uma hora. E assim que chegou, tentou se esgueirar direto para o quarto. Eu estava pondo a mesa e ele preparava uma salada. Ela teve que passar do meu lado no corredor: "Espere um momento." "O quê?" "Vem aqui. Senta." Ela não queria se sentar, ficou de pé. Pere continuava entretido na cozinha — teria ficado feliz cortando cenoura o resto da noite —, mas tive que chamá-lo: "Pere." Ele veio com uma cara de quem parecia que a bronca era para ele. Puxou uma cadeira da mesa e se sentou. Ele suspirou, passaram-se alguns segundos, então começou. "Primeiro: chegou tarde. Segundo: sua mãe disse que você estava fazendo um show na praça." E Mariona, com as mãos na cintura e o olhar desafiador, respondeu: "O que a gente estava fazendo é uma dança e se chama *twerking*, para sua informação." Soltei um bufar. "Sim, agora qualquer idiotice recebe um nome em inglês e já é respeitável, a gente deve tolerar e até admirar. Para mim tanto faz se chama *twerking* ou dança das meretrizes, você não vai fazer de novo." "Que mania com essas meretrizes, mãe! Estou dizendo que é uma dança como qualquer outra. A gente quer propor para colocarem no festival de Natal da escola." "Santo Deus! Essa obscenidade no Natal, na escola? Você está maluca?" Mariona continuava respondendo, e seu pai quis encerrar a conversa com um toque de autoridade — de vez em quando ele tirava isso de algum lugar e conseguia nos convencer: "Você não vai dançar *twerking* no festival de Natal. Nem no colégio, nem na casa da sua avó. E se um dia eu te vir fazendo esse número em público, vai ficar um mês sem sair." Mariona ficou ofendidíssima, com a cortina de cabelo alisado cobrindo o rosto. Já se virava para ir embora quando, de repente, achou a réplica certa e encarou de novo seu pai: "Você é um machista!" Ah, que cara de pavor fez o pobre! Tive que segurar o riso. Estava sentada feito uma matriarca no sofá, a barriga entre as pernas abertas, as mãos sobre as coxas. Fiz um esforço para manter uma expressão séria e disse: "Não, se eu vir você de novo, o castigo vai ser dois meses." Ela fez biquinho como uma criança, se virou e desapareceu. Sabia que insistir seria inútil — ou dançaria *twerking* no quarto, ou não dançaria em lugar algum. E foi então que tocaram a campainha. Não a do portão de baixo, mas a da porta de casa. Pere e eu nos entreolhamos surpresos. Lancei um olhar para o relógio da cozinha: oito e cinco. Quem diabos podia ser? Pere se levantou e foi até a porta arrastando o chinelo. Do sofá, eu não via quem era, mas ouvi uma vozinha feminina se desculpando: "Você é o Pere? Desculpe, ia tocar lá embaixo, mas um vizinho me deixou entrar. Eu sou a Lídia, mulher do seu irmão." Aí sim eu congelei. Porque dessa "mulher do seu irmão" a gente não sabia quase nada. Ramon estava desaparecido, o relacionamento com a sogra tinha esfriado, e, no ano anterior, só nos víramos no dia de São Estêvão, quando ela se limitou a dizer que Ramon estava morando com uma mulher que conhecera "num momento difícil". Depois, Pere ficou sabendo que a mulher era enfermeira e que o "momento difícil" era um internamento numa clínica de desintoxicação. Mas ele não quis se aprofundar. Nosso contato com Ramon tinha se rompido fazia tempo. Ele havia aparecido uma noite na nossa casa, cinco ou seis anos atrás, dizendo que tinha acabado de se mudar para Barcelona depois de morar um tempo em Londres — e acabou ficando para o jantar. Logo ele tinha ido embora da cidade e não dera mais sinal de vida. Nessa época, Janne e Lana já tinham voltado para a Alemanha. No começo, a sogra recebia fotos da menina, depois parou de receber, e por fim admitiu que não sabia quase nada de Ramon. E agora, de repente, aqui estava Lídia — a mulher conhecida num "momento difícil" —, e como vi quando ele a deixou entrar, não era só a voz dela que era diminuta: ela toda era diminuta, magra, pálida, discreta, assustada. Ficou no meio da sala segurando a bolsa na frente da barriga como se fosse um escudo, e me cumprimentou como se temesse que eu fosse devorá-la. Levantei-me do sofá com um pouco de esforço, me aproximei dela e, por algum motivo, em vez de dar dois beijos, estendi a mão — como Janne tinha feito comigo naquele verão em L'Estartit. Apertei a mão fria de Lídia e disse que se sentasse. Ela olhou para a minha barriga e fez uma cara de pânico que me intrigou, depois viu a mesa posta: "Oh, me desculpem; se for um mau momento..." "Não, ainda não jantamos, tranquila, sente-se. Quer tomar alguma coisa?" Ela respondeu que não, obrigada. Ouviu-se uma correria, Laia apareceu na porta do corredor. "Fique um pouco no quarto, Laia." Ela olhou curiosa para a desconhecida e desapareceu de novo. Indiquei a Lídia que se sentasse na poltrona. Ela o fez com relutância, como se tivesse medo de sujá-la. Eu me deixei cair devagar de volta no sofá. Pere voltou a se sentar na cadeira. Formávamos um triângulo, com a mesinha de centro entre nós. Ela mantinha os joelhos muito juntos, a bolsa rígida no colo, as mãos sobre a bolsa — também muito juntas —, a pose rígida das nossas avós quando ouviam missa ou estavam na sala de espera do médico. O vestido e o penteado também pareciam antiquados, e o batom rosa-choque contrastava com a palidez do rosto e com toda a timidez que emanava de sua figura. De repente começou a falar. Primeiro, de algumas banalidades — perguntou como eu estava, perguntou da loja, das meninas. Mas se percebia que estava nervosa, esperando o momento de tocar no assunto importante, tanto que nós dois também começamos a ficar nervosos. Por sorte, ela não demorou muito. Ela pigarreou e continuou, a princípio com os olhos baixos: "Enfim, não quero tomar o tempo de vocês... Preciso falar sobre uma coisa." Depois de alguns segundos, acrescentou, nos olhando a ambos: "Vim pedir que pensem... que reflitam se poderiam fazer algo muito importante e muito altruísta por Ramon." E então, fixando o olhar em Pere: "Na verdade, estou pedindo a você, Pere, sem o consentimento de Ramon, que não queria que eu viesse... Foi sua mãe quem me deu o endereço." Ela mal conseguia continuar, abaixava o olhar, mas eu já tinha entendido: grana, com certeza era grana, não podia ser outra coisa. Mas então me lembrei da história da clínica de desintoxicação, e uma intuição me disse que talvez não fosse dinheiro, mas sim algo muito pior. "Ramon está com câncer", anunciou Lídia. "Foi diagnosticado há três meses. Um hepatocarcinoma, um tumor no fígado..." Ela continuou explicando, pouco a pouco, aquele pedido terrível que eu já tinha adivinhado e só ouvia pela metade. A longa fila de espera para um transplante, a deterioração acelerada no último mês, o oncologista que mencionara a possibilidade de, enquanto aguardava, considerar se havia algum parente ou amigo suficientemente generoso para ser o que chamavam de "doador vivo de fígado". Lídia silenciou, me olhou — eu estava paralisada, certamente com uma expressão nada generosa —, depois olhou para Pere e abaixou os olhos de novo. Pere a encarava desde que ouvira a palavra "câncer", e ainda não havia desviado o olhar. Não piscava. Estava imóvel, como hipnotizado. E eu só conseguia repetir para mim mesma: "Quem dera fosse dinheiro. Quem dera fosse dinheiro." Mas não. O que ela queria era que abrissem meu marido ao meio e lhe arrancassem um pedaço do fígado. Ficamos em silêncio por um tempo que pareceu enorme, mas talvez não tenham passado mais de dois minutos. Eu também havia abaixado os olhos, enquanto o cérebro girava a mil por hora, uma mão sobre a barriga, a outra por baixo, tentando contê-la. Então ouvi de novo aquela vozinha: "Tenho plena consciência de que estou pedindo algo muito difícil, e sei que vocês não podem me responder agora, que precisam pensar... Que é muito provável que me digam que não... E garanto que, se for assim, vou entender." Intuí que ela me olhava, mas não tive vontade de levantar os olhos. "Eu não sabia que estavam esperando outro filho, isso complica tudo ainda mais, claro." Ouvi a voz de Pere, rouca, baixa: "Sim, complica mesmo... Mas eu vou pensar. Vamos conversar sobre isso e daremos uma resposta."

"Independentemente do que decidam, agradeço de coração por ao menos considerarem." Ouvi o som dela se levantando. Eu não queria encarar de novo aqueles olhos assustados, o penteado antiquado, os lábios rosa-choque. Mas me levantei também. De repente, meu corpo pesava uma tonelada, as pernas tremiam. Obriguei-me a encarar aquela mulher miúda, aquela canibal. Eu queria gritar: "Vá embora, vá embora daqui! Não temos nada para pensar, não vou permitir que ele pense nisso, de jeito nenhum!" Pere apertava sua mão. Em seguida, ela a estendeu para mim. Durante alguns segundos, não consegui me mexer. No fim, estendi a minha, e apertamos as mãos: uma mãozinha fria, reptiliana, dedos pálidos e finos como bisturis. Ele a acompanhou até a porta, e eu estive prestes a me deixar cair novamente no sofá, mas pensei que depois não conseguiria me levantar. Afastei a cadeira da mesa e me sentei com lentidão. Pere veio e sentou-se diante de mim, nos olhamos e vimos o pavor refletido um no outro. E ele, ao ver o meu, endureceu a própria expressão. Foi a primeira vez que vi aquele olhar que depois veria tantas vezes: a obstinação, o senso de dever, um traço de medo, mais obstinação. Ainda não havíamos trocado uma palavra, mas eu entendi o que ele estava pensando, percebi a decisão que já tinha tomado sozinho, sem mim. Não sabia como seria a conversa depois, mas já previa o desfecho: "Meu fígado, meu irmão, minha decisão." Laia interrompeu aquele longo silêncio, aparecendo de novo na porta do corredor: "Vamos jantar?" "Sim, vamos jantar agora." Foi ele quem se levantou, terminou de preparar a salada, pediu para Laia ir levando o que faltava para a mesa da sala de jantar. Depois chamou Mariona, que veio ainda emburrada; como ninguém lhe deu atenção, em algum momento ela parou de fazer bico e começou a comer. Nós dois quase não comemos, e depois ficamos sentados à mesa quando elas já haviam ido para os quartos depois de levarem seus pratos para a cozinha — e pronto. Naquela noite, não insistimos para que limpassem a mesa. Pere estendeu o braço e me tocou a mão, tentando sorrir. Segurei sua mão, apertei com força — com aquele aperto, eu dizia: "Você não precisa fazer isso, não faça." E o sorriso dele respondia: "Eu sei, mas quero fazer." Ele se levantou, começou a tirar os pratos da mesa, nós tiramos juntos, mas deixamos tudo empilhado na pia porque eu o segurei pelo braço e o levei para o quarto. Na minha mesa de cabeceira estava o notebook. Sentamo-nos na cama com o computador no colo dele, digitamos "transplante hepático doador vivo" no buscador, lemos um documento do governo da Catalunha — a *Generalitat* — sobre transplantes de doador vivo na Catalunha, pesquisamos mais coisas em inglês, o buscador já nos sugeria o que queríamos saber: *living donor liver transplant procedure, living donor liver transplant risks, living donor liver transplant what you have to know.* Lemos um documento longo e muito completo de um hospital estadunidense. Era estranho encontrar perguntas sobre o seguro e os custos que o doador poderia ter de pagar, como se não bastassem os medos e riscos inerentes à cirurgia ("há certo risco de complicações e até de morte durante a operação por causa da anestesia e da própria cirurgia", "Depois da operação, o lobo hepático remanescente no doador pode falhar; nesse caso, o doador precisaria de um transplante hepático de urgência"). Como se tudo isso já não fosse suficiente, aqueles doadores ainda tinham que se preocupar com dinheiro. Nós não, mas bastou a frase "nesse caso, o doador precisaria de um transplante hepático de urgência" para nos deixar paralisados. Lemos que as complicações graves eram pouco frequentes, que a grande maioria dos doadores levava uma vida normal três meses após a cirurgia. Passamos uma hora inteira pesquisando, lendo os detalhes do que acontecia na sala de operações, observando as inevitáveis fotos de abdômenes abertos, fígados e vísceras várias — amarelo, marrom, rosa e vermelho vivo —, a pele dobrada para os lados e enrugada como a dos frangos, pontos de sutura absorvíveis, telas para evitar eventrações. *Eventrações, meu Deus, espero que não queira dizer o que eu estou pensando que quer dizer*, pensei. Tubos que saíam da pele com líquidos misteriosos, cicatrizes de um palmo e meio em forma de estrela de três pontas. "Ahá, *incisão Mercedes,* é por isso o nome. Pena que não seja tão elegante quanto o carro." Ele me olhou de novo com aquele sorriso. Eu lia cada vez mais claramente nele: Meu fígado, meu irmão. "Pere, essa decisão não é só sua, afeta a todos nós. Pense nas suas filhas", e eu queria acrescentar: "Não seja idiota, olhe o que acabamos de ler: 'nesse caso, o doador precisaria de um transplante hepático de urgência'. Quem diabos salvaria você? Quem lhe daria o lobo direito do fígado, 'aproximadamente sessenta por cento da massa total'?" "Eu sei", disse ele. "Mas é algo que eu preciso fazer." *Egoísta, egoísta!*, eu queria dizer. "E suas filhas?", repeti. *E sua mulher?*, teria desejado acrescentar. No fundo, tanto quanto o medo de ficar viúva com três meninas órfãs, o que me fazia tremer a voz era o orgulho ferido: *Ele decidiu isso sozinho, sem mim, não me levou em conta em nada.* Largou o notebook na cama, quis me abraçar, eu me afastava. "Por favor, Eva... Você não vê que o risco é muito pequeno? Não vê que sem isso meu irmão não vai sobreviver?" Talvez ele realmente se salve — será que não fazem transplantes todos os dias, no mundo todo, sem que os irmãos dos doentes tenham que doar os próprios órgãos? "Talvez nem seja necessário, talvez eu sequer possa ser doador, vamos ver". Então ele pegou o computador de novo, o rosto azul com a luz da tela, concentrado: "Veja, no ano passado foram feitos cinco transplantes de doador vivo na Catalunha. Olhe, nove por cento dos doadores nos últimos anos eram irmãos do receptor. Imagine, três por cento eram amigos — amigos assim são bem raros." Depois de alguns instantes, ele colocou um vídeo: um homem se apresentava em inglês, doutor Fulano de Tal, com aquele sotaque ianque, do hospital sei la o quê, começou a descrever *the procedure, step by step*, avisava sobre imagens explícitas filmadas no centro cirúrgico, não recomendadas para pessoas sensíveis. Eu me levantei — não queria ver. "Vou mandar as meninas para a cama." Pela primeira vez na vida, elas não enrolaram. Devem ter notado minha cara de pânico — algo estava acontecendo, era melhor não forçar a barra. Lavei os pratos enquanto esperava que saíssem do banheiro, depois me tranquei lá dentro. No espelho estava meu velho amigo panda, angustiado, olheiras fundas, o rosto cheio e redondo de todas as gravidezes. O que fazer, menina, o que fazer? Eu não fazia ideia. Dormir, acordar, tomar café, garantir que as meninas tomassem café, visitar minha mãe, suar e cortar frangos, ir às compras, depois parir, depois criar a menina; insistir para que pelo menos a cirurgia fosse depois do parto. Mas, se Ramon estava tão doente, seria possível? Segundo havíamos lido, após a cirurgia Pere teria que ficar em repouso por umas oito semanas — o que faríamos com a loja? Esteban estava lá, mas e os fins de semana? Ele não poderia ficar sozinho. Teríamos de contratar mais alguém. Quem? Poderíamos arcar com isso? Voltei para o quarto meio tonta. Pere havia parado de ver o vídeo e parecia um pouco abalado. Comecei a listar todos os problemas, ele me mandou calar com um gesto da mão: "Vamos por partes." Esteban tinha um irmão que também procurava emprego. Durante dois ou três meses, poderíamos manter dois funcionários. Minha mãe ajudaria um pouco, mesmo com o joelho operado, não é? "Na pior das hipóteses, usaremos as economias", afirmou. "Elas são suficientes. O importante é você ficar tranquila." "Sim, imagine o quanto estou tranquila. E você?" "Vou precisar de repouso, mas aqui diz que não precisa ter enfermeira nem nada disso. Eles precisam nos informar tudo direitinho." "Mas você nem sabe se vai poder ser doador." "Suponho que não vai demorar muito para eu saber." Por enquanto, não sabíamos de nada. Foi uma noite de especulações. Pensamos e falamos muito, consideramos todas as possibilidades que nos ocorriam. Eu não conseguia tirar da cabeça os piores cenários. Já era bem tarde, três da manhã ou mais, nos abraçamos e comecei a chorar: "Apague a luz. Chega disso tudo." Ficamos assim por um bom tempo, eu soluçando, ele me acariciando e em silêncio. No fim, amanheceu e não havíamos pregado o olho. Ele se levantou, depois eu. Fomos ao banheiro. A primeira coisa que dissemos, já na cozinha, com a voz rouca: "Preparo o café?" "Sim, por favor." A bebê me dava mais chutinhos do que de costume — a noite sem dormir devia tê-la afetado ela também. E assim começou o primeiro de todos aqueles dias de angústia, com aquele café na mesa da cozinha e as torradas com geleia que mal conseguíamos engolir. A angústia se manteve pelas quatro semanas de visitas ao Hospital Clínic, e uma infinidade de questionários, ultrassonografias, tomografias, entrevistas, agora exames de sangue, depois uma biópsia... No dia em que tiraram sangue dele, caso fosse necessário durante a operação, ele ficou tonto. Eu não aguentei e disse: "Você fica tonto por causa de uma agulha... Imagine quando vir a cicatriz!" E ele, ainda meio grogue e um pouco ofendido: "Muito obrigado pelo apoio moral." Meus olhos se encheram de lágrimas. "Poxa, mulher, não quis dizer isso." "Nem eu... Mas é tudo muito difícil." Foram dias de altos e baixos, dias de nervos à flor da pele. O que eu queria, no fundo, era agarrar o braço dele, arrastá-lo para fora daquele maldito hospital, dissuadi-lo com súplicas, com carícias, com choro. Mas, no último instante, sempre havia algo que me impedia. Era aquela expressão decidida que ele fazia quando os médicos falavam dos riscos da cirurgia, da dor no pós-operatório, de como administrar os analgésicos, dos curativos na cicatriz... Era uma coragem silenciosa que ninguém nunca tinha percebido nele — aquele homem tímido, um tanto inseguro, afetuoso, honesto, um daqueles tantos homens decentes, sem nada de heroico... Até que, numa noite qualquer, aparece uma mulherzinha de voz frágil, pede a ele metade do fígado e ele estufa o peito e diz: "Claro, mulher, darei. É meu dever. É meu irmão." Uma tarde, fomos visitá-lo. Morava com Lídia no bairro Camp de l'Arpa, em um ático ensolarado. "Naquela semana ele tinha estado muito cansado, tirava longas sonecas no sofá do estudio", disse Lídia apontando para uma porta ao fundo do corredor, e as náuseas frequentes o deixavam sem apetite. Quando entramos no estúdio, ele estava meio erguido no sofá, com cara de quem acabava de acordar. A cor da pele era estranha — não era o amarelo dos frangos, mas um tom ocre esmaecido — e os lábios, embora sorridentes ao nos ver, estavam cinzentos. Quando jovem, era ágil e magro como um gato, mas eu nunca o vira tão seco quanto agora. "Mãezona", disse ele, "no fim das contas eu nunca lhe dei aquela foto." "Qual?" Ele pegou um envelope que estava na mesinha ao lado do sofá, entre frascos de remédios e garrafas d'água. Eu o abri. Dentro havia duas cópias da mesma imagem: o terraço de L'Estartit, eu no centro, Lana e Mariona de cada lado, Laia no meu colo, todas aquelas Barbies, o vestido hippie... Eu me vi jovem e com um sorriso forçado. Pensei nos problemas insignificantes que tinham me angustiado naquele dia — a armação da sogra, o gasto de quatro noites de hotel — e meus olhos se encheram de lágrimas. Naqueles dias, tudo me deixava com os olhos marejados. Para disfarçar, soltei um clichê, a voz meio embargada: "Como o tempo passa!" E depois: "E a Lana, como está?" Ramon apontou para uma foto emoldurada na estante: uma menina loira e sorridente, com o cabelo preso num coque e um *collant* cheio de lantejoulas, um troféu nas mãos. "Faz patinação artística. Parece que é muito boa." Ao lado dessa foto, havia outra, mais antiga: um recém-nascido nos braços de alguém. Outro filho, nascido antes de Lana, de quem havia perdido o contato bem cedo. Teria ligado para ele agora? Teria dito: "Talvez seu pai nunca tenha agido como tal, mas agora ele está muito doente. Você gostaria de vir vê-lo?" E para Lana, teria ligado também? Decidi que não, não tinha ligado. Ramon tecia e cortava os vínculos com facilidade, mas nunca os refazia. Essa tarefa era sempre deixada para os outros. O doente inclinou o corpo de lado, sem se afastar do encosto. Esticou o braço por trás da mesinha e pegou uma sacola plástica, entregou-a ao irmão. Dentro havia dois discos. "Seu desgraçado!", exclamou Pere. "Achei que os tinha perdido!" "Antes tarde do que nunca", respondeu Ramon, e, mais baixo ainda, acrescentou: "Lídia preparou um lanche. Vocês ficam, né?" Justo nesse momento, ouvi barulho vindo da cozinha. "Vou dar uma mão a ela", disse, e os deixei sozinhos. A cozinha era estreita, clara, extremamente limpa, com uma fileira de potes brancos numa prateleira acima do fogão — "Arroz", "Macarrão", "Farinha" — que pareciam antigos. Lídia havia tirado da geladeira uma travessa de vidro e, com os dedos miúdos, retirava com cuidado o filme plástico que a cobria. "Ah, você fez *tiramisù*! Está com uma cara ótima." Ela também sorriu, com modéstia: "Espero que tenha ficado bom." Eu estava consciente de que, no outro dia, havia me despedido dela com frieza, que mal tinha olhado para o seu rosto. Mesmo agora, ainda sentia um traço de ressentimento difícil de sufocar, mas era preciso fazê-lo, era questão de força de vontade. "Com certeza vai estar delicioso." Ela sorriu e me agradeceu. Arrumou tudo em duas bandejas: em uma, o *tiramisù* e os pratinhos; na outra, a cafeteira, as xícaras e o restante. Disse que podíamos levar tudo para o escritório. Entrou na frente, deixou sua bandeja no peitoril da janela, tirou uma mesinha dobrável de trás da porta e a posicionou no centro: "Deixe aqui, Eva", me disse. De repente, ela havia parado de se comportar como um passarinho assustado, e tudo o que fazia era rápido e preciso: nem uma gota de café derramada, um retângulo perfeitamente simétrico de sobremesa em cada prato, uma cadeira aberta com agilidade e sem fazer barulho algum. "Sentem-se vocês no sofá, vai ser mais confortável." Havia se transformado na enfermeira que se concentra no trabalho e se esquece dos demais. E só quando nos entregou os pratos e agradecemos, a timidez voltou por um instante. Sorriu com os lábios pintados — aquele rosa-choque estranho contrastando com o rosto pálido. O *tiramisù* estava realmente delicioso. Comemos olhando os quatro pela janela: o sol baixando, os terraços e telhados se estendendo como um tapete irregular de cimento, argila, antenas e roupas coloridas penduradas. Mais além, via-se a torre Agbar apagada e, mais além ainda, o mar, com algumas nuvens douradas no horizonte. Era um domingo à tarde. Mesmo no quarto de um doente tão doente que rejeita uma colherada de *tiramisù*, fala-se e ri-se, toma-se um café delicioso — essa Lídia tinha qualidades insuspeitas. Falamos sobre a bebê que estava para nascer, "Célia é um nome bonito", e resultou que Lídia também tinha uma filha, já com dezesseis anos, chamada Irene. Naquele dia, ela tinha ido almoçar com o pai e depois iria ao cinema com as amigas. Do que não se falava era de fígados, de forma alguma. Talvez tivessem falado disso quando ficaram os dois sozinhos: dos fígados que falham e do câncer que os devora, das incisões Mercedes que ambos teriam, da rejeição que poderia atacar o lobo saudável de Pere dentro do corpo de Ramon, da possível recorrência do câncer naquele fígado novo, da necessidade de levar uma vida saudável, do fato de que Pere tivesse recusado a tacinha de licor com o café, pois fazia uma semana que não fumava nem bebia — ele era um doador escrupuloso. Se tivéssemos falado disso tudo, poderíamos rir ou teria sido um riso forçado — aquele riso um pouco histérico dos que temem a morte. Melhor conversar só sobre a nostalgia, sobre os shows de muitos anos atrás, a banda: "Por que diabos não fizemos aquele show em Tarragona, afinal?" "Não tínhamos um tostão, não podíamos pagar nem a van, lembra?". Sobre Laia, que agora já toca bem o baixo, sobre aquela camiseta do Metallica que se perdeu durante uma mudança. "E você ainda tem coragem de me chamar de desgraçado. Pelo menos eu devolvi os discos, já a camiseta você jogou fora." Ao final, ouvimos a porta da rua: era Irene. Logo depois ela espiou pela porta do estúdio, nos cumprimentou com as bochechas coradas — ainda mais magra que a mãe, branca e bonita como uma boneca de porcelana — e desapareceu, como se tivesse medo de atrapalhar. Seu último olhar foi para Ramon. Parecia gostar dele. Era hora de ir. Apertamos a mão de Ramon, eu lhe dei dois beijos e Pere e eu fomos até o corredor com Lídia. Ali, eu disse que nos falaríamos em breve. Enquanto trocávamos os beijos de despedida, nós três devíamos estar pensando no 5 de junho — o dia marcado pelos médicos para a cirurgia. Faltavam duas semanas. Depois de mais quatro semanas, a gravidez chegaria a termo e, pouco antes ou pouco depois, Célia chegaria ao mundo. Eu queria acreditar que Pere estaria bem, que passearia com a bebê pelo apartamento cantando *Stairway to Heaven*, que Ramon nos ligaria e me chamaria de "mãezona" novamente, que ninguém choraria — nem Lídia, nem Irene, nem eu, nem minhas filhas — porque todos estaríamos ali. Mas não podia ter certeza de nada, claro. E naquela noite chorei baixinho, porque tudo era tão incerto. E dizia a mim mesma que, em algum momento, a vida deve ser assim para todo mundo. E também é assim para todo mundo, suponho, que quando se espera algo terrível, o tempo voa, até que de repente os ponteiros param bem no alto, e é meio-dia de domingo, 4 de junho. Estávamos só ele e eu. Contornamos as fontes de Montjuïc e começamos a subir o primeiro lance de escadas, o museu lá no alto, embaçado pela névoa, as árvores empoeiradas nas laterais. Andávamos um pouco distantes um do outro porque naquela manhã tínhamos tido um desentendimento. Durante a noite de insônia, nos abraçamos e nos separamos muitas vezes. Também conversamos muito. Ele me dizia, "Não se preocupe, eu amo você", e eu não conseguia devolver "Amo você também" porque o orgulho e o medo me impediam. Sou assim, mesquinha. Eu apenas dizia "Estou com medo, estou com medo, por que tinha que ser você?" De manhã, enquanto tomávamos café, finalmente lhe disse o que não havia tido coragem de dizer: "Não faça isso, Pere." Ele deixou a xícara cair na bancada com um gesto brusco, quebrou a alça, o café manchou o pijama. "Basta, Eva." Não gritou em absoluto, mas se expressou com aquela firmeza calma com a qual dizia "De acordo" quando falava com os médicos. Pediu desculpas na mesma hora e repetiu: "Amo você." Eu fiquei calada — a mulher arisca que não retribui o abraço, a tigresa apenas adormecida que esconde as garras — e agora, com o dia inteiro livre só para nós dois, o distanciamento continuava. Avançávamos devagar entre os turistas. No final, pegamos as escadas rolantes, porque àquela altura da gravidez eu já me cansava com muita facilidade. "Você quer subir direto para o restaurante?", perguntou ele com um tom de afeto um pouco hesitante, quando chegamos ao ponto mais alto e paramos para contemplar a vista. "Minha mãe reservou uma mesa para nós à uma da tarde. Ainda é muito cedo... Vamos dar uma volta, ou... não sei, você quer entrar no museu?" Começamos a caminhar em direção ao mirante, e foi um alívio nos afastarmos do violonista desanimado, dos ouvintes que erguiam os celulares presos em paus de selfie, dos vendedores de bebidas geladas e suvenires que bloqueavam a passagem, insistiam, exibiam suas mercadorias — basta de tudo isso. No mirante, havia apenas dois casais: um deles parecia nórdico, ambos loiros e esguios, com a nuca queimada de sol, revezando-se diante de um telescópio; o outro casal era miúdo e se apoiava no muro baixo de pedra, olhos amendoados e cabelos de um preto intenso. Ele carregava no pescoço uma câmera com teleobjetiva e usava um relógio caro demais para Barcelona; ela vestia uma saia longa e plissada, e tênis cor-de-rosa — certamente eram japoneses. Fomos um pouco mais adiante, até um canto sombreado, e também nos encostamos no muro de pedra. Uma névoa acinzentada pairava sobre a cidade — devia ser aquele *smog* que diziam diminuir a concentração das crianças e atormentar os asmáticos, pois ainda não fazia calor abafado. Ficamos ali, lado a lado, cotovelo com cotovelo, sem nos tocar, contemplando a paisagem: a Sagrada Família erguendo-se à sua maneira errática; as torres solitárias no fim da rua Marina; o hotel Vela mais próximo; e, ao fundo, as três chaminés, o mar de um azul desbotado, o céu de um azul leitoso. Ao avistar o prédio do Banco de Sabadell ali no meio, pensei que logo os funcionários engravatados sairiam para almoçar. E então Eudald me veio à mente — suas feições já borradas —, aquelas terças-feiras de desejo e agitação surgindo como flashes de um sonho estranho. Simplesmente pensei nele e me perguntei como estaria sua vida. E então me vieram à memória os detalhes daquela fantasia: minha vida cotidiana, que eu havia tachado de medíocre; a vida imaginada, tão plácida e elevada; e eu mesma, outra mulher, com outros ideais e outra família. E de repente senti uma espécie de angústia; agarrei-me a ele, apoiei a cabeça em seu ombro, apertei-lhe forte o braço. Aqui estava, agora que já não a queria, a vida extraordinária. Preste atenção, mulher, pode ser que esteja vivendo o último dia ao lado do seu marido, pode ser que carregue no ventre uma filha que não conhecerá o pai. Aprenda a dizer "amo você" justamente quando for mais difícil, aprenda a estender a mão, a acompanhar o outro enquanto ele faz o que precisa fazer, nem mais, nem menos, mantenha a calma e dê-lhe a mão, faça isso agora enquanto ainda pode, é tão simples, tão difícil, tão importante... Por que será que alguns de nós aprendem tão tarde a fazer o que realmente importa? Foi um dia bonito, apesar do começo torto, como também foi bonita a tarde com as meninas e a avó, nós cinco um pouco melancólicos, cada um, à sua maneira, tentando espantar a angústia. Às seis e meia tivemos que ir para casa — foi só um momento —, já tínhamos a bolsa pronta: era pequena, um pijama novo e um par de pantufas novas, roupas íntimas, o *nécessaire* e mais duas ou três coisas. Quem a carregava era ele. Pegamos o metrô, eu me sentei e eles ficaram de pé ao meu redor, como três guarda-costas. O peito de Laia subia de vez em quando, com grandes suspiros contidos; Mariona havia deixado o reggaeton e os fones de ouvido em casa; ele me olhava — aquele sorriso —, e no último momento eu havia aprendido a devolvê-lo, lá em cima, no Montjuïc. Descemos na estação Hospital Clínic. Depois de um mês de exames, ele e eu já conhecíamos bem aqueles corredores. No quarto havia outra cama, onde dormia um senhor idoso; sua mulher, sentada em uma poltrona ao lado, com um livro no colo, nos cumprimentou em silêncio. Falávamos em voz baixa. Às sete e vinte chegaram Lídia e Irene. Ramon estava no final do corredor; fomos vê-lo e passamos uns dez minutos com ele — também tinham a expressão de quem dormira pouco. Às sete e cinquenta, uma enfermeira veio nos avisar que o horário de visitas havia terminado e que às oito teríamos que sair. A operação estava marcada para as nove da manhã seguinte. Às oito, eu poderia voltar e acompanhar Pere até a área cirúrgica, mas havíamos decidido que as meninas iriam à escola como em qualquer outro dia e que se despediriam agora do pai — sem vê-lo sedado, sem me ver nervosa. À tarde, elas ficariam na casa da avó enquanto eu ficaria no hospital, esperando; disseram que, se tudo corresse bem, Pere sairia da sala de cirurgia por volta das três da tarde — mas poderia ser às quatro, ou até às cinco, nunca se sabia com exatidão. Fiquei admirada ao ver como elas se mostravam serenas, sorridentes, abraçando o pai com força. "Até amanhã", diziam elas, "Te amo" — para elas não era nenhum esforço dizer isso, e eu pensava como seria bom se fosse sempre assim. Depois foi a minha vez — o abraço, o beijo, uma carícia na barba — e pronto, para fora. Voltei-me mais uma vez, trocamos um sorriso, mas já estava feito, era hora de sair. Só quando nos afastamos o suficiente da porta é que começamos a chorar: primeiro uma, depois a outra, no final as três. Na entrada do hospital vimos Lídia e Irene. A menina envolvia a mãe com aqueles bracinhos finos, já era um palmo mais alta do que ela. Ambas tão brancas e aparentemente tão frágeis, com os rostos banhados de lágrimas, mas, com certeza, também tinham se mantido firmes enquanto foi necessário. Nos aproximamos delas, e acabamos todas caindo na risada, enxugando as lágrimas, trocando lenços. "Que tontas, essas mulheres!", eu disse, mas todas sabíamos que não éramos tontas, e que era bom estarmos juntas. Abracei Lídia. "Venham jantar conosco, Lídia", propus, e ela respondeu que sim.

VI

São onze e meia da manhã e hoje é o nosso dia de folga, uma segunda-feira. Pelos jardins do Palau Robert passa um ou outro homem de maleta, estudantes e turistas com mochilas, uma mãe empurrando um carrinho de bebê. Alguma vez, ao chegar aqui e ver as pessoas vivendo suas vidas normalmente, senti um breve vislumbre de remorso — mas o afoguei sem hesitar. De vez em quando tenho vontade de fazê-lo, e o faço. Hoje, no entanto, sinto algo muito diferente. Caminho pelo caminho pedregoso até alcançar a sombra das árvores e me sento num banco, esperando por ele, enquanto penso em tudo o que está acontecendo. Terei de ficar atenta para vê-lo passar, pois sempre nos encontramos no terraço do hotel, lá no fundo dos jardins, e ele seguirá direto para lá. Da última vez, o terraço estava deserto e escolhi a nossa mesa de sempre: a segunda junto à janela de vidro. O garçom veio logo e pedi um aperitivo. Assim que ele voltou ao interior do bar, depois de me certificar que ninguém me via, tirei da bolsa os sapatos de salto agulha, calcei-os sobre as meias pretas e guardei as sapatilhas na bolsinha de onde havia tirado os outros. Com aqueles saltos não poderia ir longe, mas também não era preciso: apenas do terraço até a recepção e, de lá, pelos longos corredores acarpetados até o quarto. Trouxeram-me o aperitivo e um pratinho com azeitonas. Enquanto esperava, deixei os óculos de sol sobre a mesa, tirei uma revista da bolsa e comecei a folheá-la. Mentalmente, percorria a lista: o conjunto bonito de lingerie, as meias pretas com risca imitando a costura, o vestido azul-marinho, simples, mas de corte impecável, a blusa de seda, os sapatos finos, o colar de pérolas, os lábios pintados de vermelho escuro, o cabelo solto, o perfume. Não tivera tempo de pintar as unhas e então tirei o esmalte da bolsa: aplicaria uma camada rápida e bastaria. Depois, voltei a folhear distraidamente a revista — tudo eram casacos italianos, botas adornadas de pedrarias, óculos de sol de grife, celebridades desfilando trajes extravagantes. Pelo canto do olho, vi um homem se aproximar. Vestia terno e gravata. Virei-me feliz pensando que era ele, mas não era. Corada, ao perceber que o homem me observava com curiosidade, baixei os olhos e voltei a fingir interesse na revista. *Que boba você é* — o coração havia disparado. Ele se sentou a uma mesa do outro lado, tirou o celular do bolso e começou a falar. Então vi que se aproximava outro homem, também de terno. E esse, sim — esse era mais alto, mais corpulento. Virei-me um pouco; a primeira coisa que vi foi a vistosa gravata, listrada de cinza e vermelho. Olhei para o seu rosto e sorri. "Ficou muito bem em você." "E esse vestido também lhe cai muito bem." O garçom se aproximou e ele pediu o de sempre: "Uma água com gás, por favor." "Veja só, eu, me envolvendo com um abstêmio viciado em esportes!", disse eu, guardando a revista na bolsa. Ele me lançou um olhar malicioso. "Devo ter algo de que você gosta." Nesse momento, ouviu o homem da outra mesa, que pronunciava um pesado monólogo sobre negócios, quase aos gritos. Ele levou a mão ao bolso interno do paletó. "Com licença", falou, "deixe-me colocar no silencioso, antes que acabe igual àquele ali." Olhou de soslaio para o homem, com ar zombeteiro, depois guardou novamente o celular com naturalidade e ajeitou o nó da gravata. Interpretava o papel com perfeição — parecia realmente alguém habituado àquela roupa, àqueles gestos automáticos. E eu o observava com vontade de desfazer aquele nó tão impecável, desabotoar sua camisa, sentir seu cheiro, tocar seu pescoço largo, acariciar a cicatriz que havia ficado tão fina, tão discreta. "Hoje você está mesmo elegante, parece até que tem um Mercedes de verdade", dissera eu, no primeiro dia em que nos encontramos no quarto de hotel, passando um dedo pela estrela de três pontas. Nos dois meses seguintes à cirurgia, vi-o sofrer em silêncio — sentado no sofá, com o rosto amarelado, mordendo os lábios, olhando para o nada. Coloquei Célia, recém-nascida, em seus braços e vi seus olhos se encherem de lágrimas. Ainda que tomasse os analgésicos no horário exato, era evidente que não bastavam, e a dor o mantinha imóvel diante da televisão apagada, olhos fechados ou perdidos no vazio — mas nunca se queixava. "Sinto bastante dor. É normal, não é?", perguntou na consulta seguinte. O médico pediu que ele indicasse a intensidade da dor numa escala de zero a dez. "Normalmente é um seis", respondeu ele, "mas na última hora antes de tomar o analgésico, chega a oito." "Posso trocá-lo. Posso prescrever algo mais forte, com morfina", disse o médico. Mas ele recusou. Passou duas semanas entre o sofá e a cama, enquanto eu cuidava da pequena, preparava suas refeições conforme as orientações médicas e ia até a loja para verificar se tudo corria bem. De vez em quando, sentava-me a seu lado. Ele costumava estar com a cabeça apoiada no encosto do sofá, olhos fechados, mas pela testa franzida e ligeiramente suada, eu sabia que não dormia. Eu pousava a mão, bem devagar, em seu ombro. "Como você está?" "Mais ou menos." "Quer que eu ponha uma música?" "Não, obrigado. Estou pensando." Quando jantávamos os quatro à mesa, ele fazia um esforço para sorrir e puxar conversa com as meninas, mas bastava que elas se levantassem para que o sorriso se apagasse. Apertava minha mão e dizia: "Sinto muito por deixar tudo nas suas mãos, mas estou acabado." E eu respondia que não se preocupasse, que elas me ajudariam, e então ele ia se deitar. Depois de duas semanas, começou a se reanimar e, na sexta semana, me disse que já não sentia dor alguma. Mais tarde o médico lhe disse que precisava caminhar, que era muito importante se manter em movimento. Assim, passou a sair todas as manhãs. No início, dava apenas uma volta curta; logo passou a acompanhar as mais velhas até o colégio; logo já caminhava durante quarenta e cinco minutos. Às vezes eu ia com ele — Célia dormindo no carrinho —, ambos de tênis de corrida, pelas ruas mais íngremes do bairro, enquanto as pessoas saíam para trabalhar. Em outra consulta de controle, o médico comentou: "Você está muito bem. Seus exames deram quase perfeitos." Ele respondeu: "Então, gostaria de saber se seria prudente me preparar para uma meia-maratona que acontecerá em seis meses." Ele nunca havia me falado sobre o assunto, mas agora virou-se para mim e piscou um olho. "Não vejo por que não", disse o médico. "Mas comece devagar e escute o que o seu corpo disser." Desde então, todas as manhãs, ele se levantava uma hora e meia mais cedo e saía para correr. Voltava para casa encharcado, mas radiante, tomava meio litro de bebida isotônica e dizia: "Nunca me senti tão bem." E, passados seis meses, correu a meia-maratona. Após cruzar a linha de chegada, abraçou a mim e às meninas mais velhas, encheu Célia de beijos e, sorrindo, me contou o tempo que havia feito, e acrescentou: "Daqui a meio ano tem outra. Preciso melhorá-lo." Voltou a trabalhar o dia inteiro, eu o ajudava na loja durante o almoço e depois retornava para casa com a pequena. Quando, alguns meses mais tarde, voltei a trabalhar em tempo integral, ele me disse: "Mas aos domingos, o Esteban e o Carlos cuidam da loja até o meio-dia. Assim teremos uma manhã inteira para passar com as meninas." E assim tem sido. Os domingos são o único dia em que ele não sai para correr. Mesmo assim, acorda cedo, vai comprar *croissants*, volta para casa e me traz o café na cama. "No domingo de manhã, sou um pai e um marido exemplar", ele me disse no primeiro dia. Por volta das oito, quando elas se levantam, servimos os *croissants*, preparamos chocolate quente — é o único dia da semana em que nos sentamos todos juntos para o café da manhã —, e depois saímos. Fazemos algo diferente a cada domingo; nós cinco na praia, no zoológico ou em alguma trilha. Até mesmo seu temperamento parece ter mudado um pouco: há menos hesitação, menos timidez; quando diz algo é porque já pensou muito antes e não muda de opinião, nem se esquiva do assunto. Visita com frequência o irmão, que demorou mais do que ele a se recuperar. Em alguns sábados, ele, Lídia e Irene vêm jantar em nossa casa; em outros, somos nós que vamos até a deles. Nestes meses estivemos tão bem, com tão poucas preocupações, que às vezes eu me angustiava justamente por isso — por tudo estar indo tão bem, talvez bem demais. No nosso aniversário de casamento organizamos o primeiro desses encontros furtivos no hotel, e decidi repeti-los de vez em quando, de surpresa. Numa segunda-feira de manhã, saio cedo com Célia, deixo-a na creche e, em vez de voltar para casa, troco de roupa no banheiro de um café. No meio da manhã, envio-lhe uma mensagem no celular: "Nos encontramos no terraço, você sabe onde, em algumas horas." E então sigo a pé para o centro, sem pressa. Foi exatamente o que fiz hoje. Mas algo aconteceu. Eram onze horas, e eu esperava para atravessar a rua Sant Antoni Maria Claret, bem em frente ao Hospital de Sant Pau, em direção à avenida Gaudí. De repente, vi uma silhueta esguia que me pareceu familiar: era Ramon, caminhando pela calçada oposta rumo à avenida. Voltou a usar o cabelo comprido como nos seus tempos de juventude, mas daquele rapaz despreocupado que me beijou no meio da escada, pouco restava. Parecia olhar ao redor como quem teme encontrar alguém que preferiria evitar — e isso aguçou minha curiosidade. Quando virou-se na minha direção, permaneci imóvel, abaixei a cabeça, pensando que, com aquele vestido, os óculos de sol e o cabelo alisado, ele não me reconheceria. Por fim, voltou o olhar para a frente, continuou caminhando e desapareceu depois de virar esquina. Então atravessei a rua, apressei o passo e o vi descendo a avenida, caminhando pela calçada da esquerda. Comecei a segui-lo pela parte central do passeio, entre garçons carregando bandejas de café para as mesas externas e avós conduzindo seus cachorrinhos, sob árvores de folhas muito verdes, que, após a chuva da noite anterior, brilhavam sob o sol. De repente, Ramon parou diante de um pequeno café e entrou. Hesitei por um instante, e no fim me sentei no terraço do mesmo café, em um canto de onde ele, encostado ao balcão, não poderia me ver sem se virar, mas eu podia observá-lo de costas. Sentado naquele banco alto, curvado como estava, parecia ainda mais frágil do que nos últimos tempos. Vi quando lhe serviram um café curto num copo. Depois, o garçom voltou e despejou uma boa dose de conhaque no café. Ramon pagou com uma nota, abriu um sachê de açúcar e ficou algum tempo mexendo o café. Antes de beber, olhou para a porta — e eu, rapidamente, virei o rosto para o passeio. Terminou o café em apenas dois goles, saiu e lançou um olhar pela avenida, para cima e para baixo, como antes; eu o observava de esguelha, quase de costas, o coração disparado pelo medo de ser descoberta. Mas ele não me viu. Começou a caminhar pela avenida, subindo, imagino, em direção à Sant Antoni Maria Claret novamente, rumo a Camp de l'Arpa. Eram onze e dez. Eu tinha que encontrar Pere no Palau Robert ao meio-dia. Enquanto terminava meu café, pensei nos sapatos de salto agulha que carregava na bolsa, em Pere, que já estaria se preparando, vestindo o terno, os sapatos elegantes, a gravata nova, cheio de entusiasmo. Pensei no rosto que eu teria ao reencontrá-lo, e no rosto que ele faria se eu lhe contasse que havia visto Ramon tomando um café com conhaque. Paguei a conta e continuei meu caminho, descendo a avenida. Eu ainda via as árvores verdes e as avós com os cachorrinhos, mas nada disso tinha mais a alegria de antes. Agora, enxergava também outras imagens: Pere sentado no sofá, o olhar perdido, mordendo os lábios para conter as lágrimas; eu mesma dando à luz sozinha no hospital, apenas com minha mãe — de bengala — ao lado, dizendo que tudo ia muito bem; Lídia, abatida e com olheiras, sentada em sua sala uma semana após a operação, quando ainda não era certo que Ramon sobreviveria e tudo parecia pender por um fio. Percebi que estava descendo demais e virei na Còrsega. *Já não precisa mais se angustiar porque tudo vai bem demais*, disse a mim mesma — a perfeição não durara muito. Mas será que eu realmente precisava contar a Pere? Antes de chegar ao Passeig de Sant Joan, já havia decidido que não. Talvez conversasse com Lídia, pois, afinal, ela era a única que poderia fazer algo a respeito, mas apenas com ela, e com mais ninguém. Na verdade, a perfeição nunca existira. E já fazia semanas que eu me sentia inquieta. Mariona e Irene tornaram-se muito amigas, e isso era bom: Irene era estudiosa e responsável, e logo percebemos que, sob sua influência, Mariona começava a se comportar de maneira muito mais madura. Ela agora queria ser enfermeira, como Irene. Parece que, em breve, teremos uma família cheia de enfermeiras, e isso também está bem. Com frequência, estudavam juntas na biblioteca de Camp de l'Arpa até a hora do jantar, e as notas de Mariona, que já eram boas, tornaram-se ainda melhores. Mas nem todas as mudanças eram positivas. Recentemente, Mariona começou a empilhar comida no prato, fingindo comer sem realmente comer muito, e em pouco tempo emagreceu visivelmente. Eu já havia notado que Irene fazia o mesmo: quando vinha jantar em casa, seu prato sempre permanecia cheio de pequenos pedaços de carne e legumes cortados, mas não era claro se realmente havia comido algo. Não era por acaso que tinha aqueles bracinhos e perninhas finos como gravetos, e o rosto tão pálido e magro. Conversei com Lídia a respeito. Lídia já sabia e se angustiava, insistia para que Irene comesse, ameaçava-a com castigos, implorava. Sob pressão, a menina comia um pouco mais de salada, quatro pedacinhos de frango, mastigando-os com muita dificuldade, sempre em pequenas quantidades, nada de frituras, nada de pão, o mínimo possível de gorduras e carnes. E Mariona também a imita nisso. Às vezes a encontro se olhando no espelho do corredor, de perfil, de frente e de costas, apertando as coxas para ver como seria se fossem tão finas que nem se tocassem, encolhendo a barriga até que as costelas ficassem marcadas. Passou a usar calças largas e blusas folgadas, como se de repente quisesse esconder o próprio corpo. Uma noite, enquanto ela estudava sozinha em casa, entrei no quarto e fui direto ao ponto, dizendo que estávamos preocupados. "Não brinque com essas coisas, Mariona." Ela baixou os olhos: "Sei o que estou fazendo." "Tem certeza?" Ela me olhou com o mesmo ar desafiador com que já tinha defendido seus passos de *twerking* — as manias mudavam, mas a teimosia, não. "Não queira nos fazer sofrer, Mariona." E ela, fechada, obstinada: "Eu não quero fazer vocês sofrerem, mãe, eu sei o que estou fazendo!" A gente passou a vigiá-la. E também ficamos de olho na Laia, que num sábado à tarde voltou para casa andando em zigue-zague depois de ir a um show da principal festa do bairro com as amigas. Pere ficou todo contente por ela tocar baixo e gostar das bandas que ele mesmo lhe ensinou a apreciar, mas não achou muita graça ao vê-la cambaleando. Não gritou; hoje em dia ele nunca grita. Conversou com ela e a deixou um mês de castigo, sem sair. Laia ficou emburrada alguns dias, mas não reclamou. Passou os fins de semana do castigo trancada no quarto, tocando baixo ou ouvindo música. O problema é o que vai fazer quando puder sair de novo. De vez em quando, eu ainda dou uns sermões: tio Ramon, o câncer, o transplante... "Já sei de tudo isso, mãe, não precisa ficar me atormentando." "Então faça o favor de lembrar disso quando sair de casa." Mas, sim, tivemos alguns meses muito bons, digo a mim mesma enquanto caminho pela Córsega, com o vestido, as joias e tudo, até desembocar na Diagonal — e, de repente, que claridade, que céu tão azul! Alegro-me de ter reparado. Porque eu sou daquelas que ficam remoendo tudo sem parar, *e a vida não é o que eu fico cismando, eu sei, a vida está aqui fora, e ela é do jeito que é, e hoje não fique matutando demais, que é segunda-feira e você vai se divertir.* Atravessei a Diagonal e cheguei, então, aos jardins do Palau Robert, às onze e quarenta. Em vez de ir direto para o terraço do hotel, sentei num banco, debaixo da árvore mais alta, porque bem lá no alto da copa cantava um melro — no meio de todo esse trânsito, justamente, o canto de um melro! E agora eu espero. O melro lança seus trinados impetuosos sobre minha cabeça, e eu começo a divagar. Agora mesmo, meu marido está se vestindo para vir me encontrar. Veste a camisa recém-passada, as calças com pregas, borrifa um pouco de colônia no pescoço, passa a mão pela cicatriz, o ventre liso de corredor, abotoa a camisa começando, como sempre, pelo botão de baixo. Precisa de quatro tentativas para acertar o nó da gravata para que fique simétrico, mas persiste; na quarta vez sai perfeito e sorri para o espelho. Está contente de se sentir tão bem, de ter a família saudável e unida, Ramon que vai levando, o mais importante é que estamos todos sadios, todos dando conta: "No final tudo valeu a pena", ele pensa, e sai correndo em direção ao metrô. Agora mesmo Ramon deve estar de volta em casa e começa a dizer um "oi", mas logo se lembra de que Lídia está de plantão e só volta à noite, que Irene também não está, e fica em silêncio. Deixa as chaves no potinho, anda pelo ático — tão silencioso, tão ensolarado. A casa delas — que agora é também dele —, seu refúgio e, no entanto... Pensa que gostaria de amar melhor a Lídia, de dar um bom exemplo para Irene, de ser mais forte, mais firme. Talvez vá olhar as fotos dos filhos. Esforça-se para lembrar e percebe que só consegue enxergá-los ainda bem pequenos, embora já sejam quase adultos. Confessa que, na verdade, não sabe muito bem como eles são, nunca soube, e pensa que ainda poderia tentar ligar. Olha para os discos alinhados, três ou quatro ainda são do Pere — algum dia vai devolvê-los. Toca a cicatriz no ventre afundado — é um pouco grossa, mas cicatrizou bem. *Depende de você fazer com que tudo tenha valido a pena*, diz a si mesmo, e fica ali parado diante da ampla janela, com o tapete de terraços, os telhados, as filas de roupas estendidas, a torre Agbar apagada ao longe, e, além dela, o mar, cintilando ao sol.

Este livro foi impresso nas oficinas gráficas da Editora Vozes Ltda.,
Rua Frei Luís, 100 – Petrópolis, RJ.